待ちどき

松原喜久子

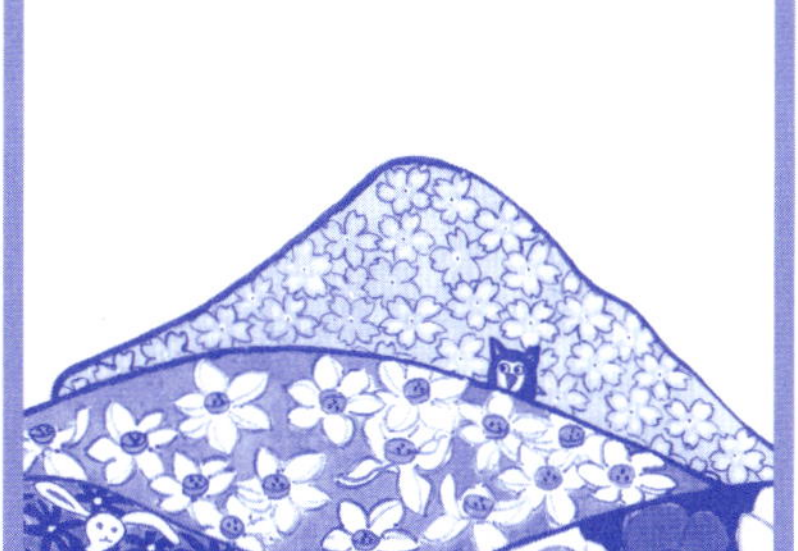

待ちどき　もくじ

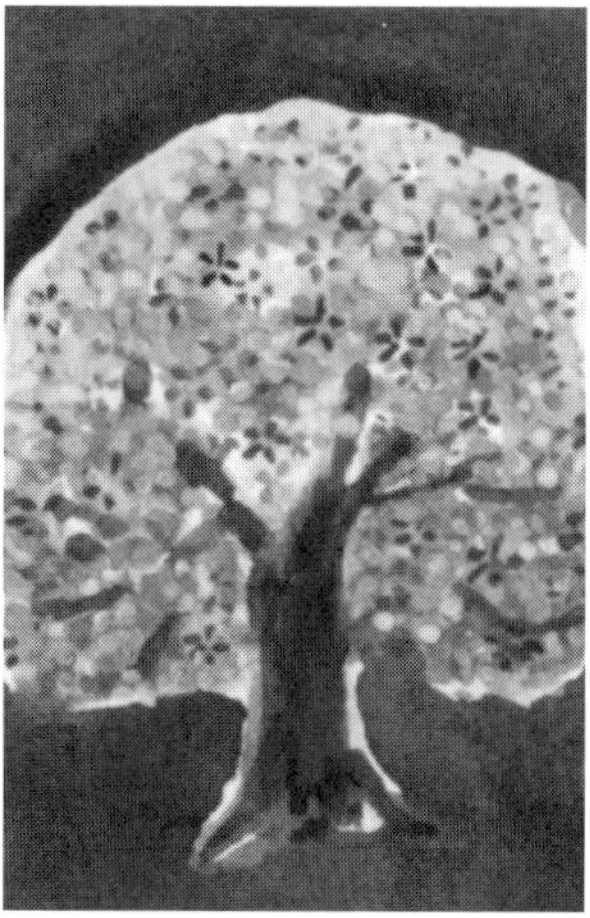

小春日和

遠い夏の日

待ちどき

冬仕度

老い上手

リュック嫌い

あの日の大晦日

住所録に住む人

装画・挿画　大島國康
装丁　うちだちよえ

小春日和

大事な会話

幼い日のことです。

おばあちゃん子であった私は、布団を並べて、関西なまりの祖母とこんな会話をしました。

「あんたは『死ぬ』ということを考えたことがあるか？」

「ないよ」

「そうやろなあ」

「おばあちゃんはあるの？」

「あるよ、最近ようある」

「ふうん」

「きっとこのまま眠って、朝になっても目が覚めへんということやろうなあ」

「ずっと覚めへんの？」

「そうや、もう覚めんままになるのんや」

「いや！　おばあちゃんが目を覚まさなかったら、お話できん」

「そうなんや、もうあんたと話されへん。あんたの顔も見られへん。寂しいなあ」

「いや！　そんなの」

涙がいっぱい出ました。

人が「生きている」とはどういうことであるかを、理屈抜きにはじめて感じたときであったと思います。

ほんとうに祖母と別れたのは、大人になってからでした。

けれど、この会話はずっと心の底に残っていて、幼い日に、こういう会話を交わし、生きていることの実感を知ったことを、よかったと思っています。

手伝わせ上手

「何してるの？」

幼い私は、祖母の手もとをのぞきこみました。

「楽しいことをしています」

「なに?」

「毛糸に蒸気をあてて、元気になって、とお願いしています。あんたのセーターになるんやから、あんたもお願いなさい」

火鉢にかかった鉄びんの蓋を外し、上がってくる湯気に、解いた毛糸を両手で引っぱって当てていました。ちょっと当てては右手をひゅっと引いて、次を当てます。しばらく溜った糸は、ふわふわと元気な姿になって、丸く玉に巻きとられていきました。

「おもしろそう」

「そりゃ楽しいわ。元気になるのを手伝うんやもん」

「私にもさせて」

「ええよ、ただし湯気の熱いのは毛糸に当てて、あんたのお手々火傷せんように、あんじょうおやり」

「こう?」

私は両手で毛糸をつまんで湯気に当てました。

「そうそう、ちょっと当てたら、元気になったか、と声をかけて右に右に引いて」

「右？」

「お箸を持つ方や、さあ、声かけて」

「元気になったか！」

私はほんとうに声をかけました。

「そうそう、その調子。あんたは器用や」

「これ私のセーターになるの？」

「へえ、編み棒の魔法で」

祖母は家事上手でしたが、手伝わせ上手でもありました。どんなことも楽しそうにして見せるので、「させてさせて」と手伝いを志願しました。ほんとうは大人がした方が効率もよく、見栄えもよかったでしょうに。

ちょっと手に余るようなことでも、「無理」「だめ」のことばはなく、

「やってみるか」

と手を添えて教え、できなくても、

「大丈夫や、もう少し大きゅうなったら上手にできるわ。楽しみはお預けや」

と、エールを忘れませんでした。

「これを手伝え」

「あれをおやり」

と命令されたら、拒否の気持ちも起きたでしょうが、見事な、にくい手伝わせのテクニックであったと、懐かしく思い出します。

手伝いに限らず、どんなことでも、大人のしていることが子どもにとって魅力的であることが、大きな力になるのかもしれません。

そうそう、祖母には、

「どんなことでも嫌々と思いながらしたんでは、上手にできません。同じするんなら、楽しんでしたいなあ」

という口癖もありました。

蜘蛛の巣の雫

六月は梅雨。

今日も雨。

縄とび、缶けり、石けり。石けりは、ケンケンパアとも言っていました。それに、近くの焼け跡の広場まで行けば、仲間が誰かいて、陣地とりもできます。陣地とりは、ジャンケンで勝ったら、手の親指を支点にして、自分の陣地に続けて地面に円を描きます。そこを釘などでなぞり、陣地を増やしていく遊びでした。

地面を這うように屈んでするので、今ならすぐに足や腰が痛くなったでしょう。スカートの裾を汚して帰っては、叱られたものです。

でも、雨の日はみんなお預け。

「外で遊びたい」

子どもの私には、つまらない毎日が続いていました。

「よい雨や。ゆっくり物を見たり、心静めるために雨降りがあるのや」

元気のない私に、祖母が声を掛けました。

「あんた、おむすび好きやろ」

「うん」

「そのおむすび作るお米は、雨が降らなんだらできませんのやで。雨さん、おおきに、と思わないかんなあ」

と言い、

「さあ、ここへ一緒に並びなさい」

と、窓を頭にして畳に仰向けになりました。所在のない私も、しかたなく並びます。

サッシでない木の窓枠は、湿った色をし、古いガラスは、雨脚を少し歪めて見せていました。

「何が見えますか?」

「雨と暗い空」

「それだけか?」

「うん……あっ、あった。あそこに蜘蛛の巣!」

「ほんまや。ほんと上手に張ってるなあ」

「うん」

「蜘蛛はいるか」

「いる。まん中にいる」

「じっと待ってるんやなあ」

「何を待つの？」

「ごちそうや」

「ごちそう？」

「へえ。蠅や蚊や小さい虫。あの糸はねばねばしてて、そこへ虫が飛んできてくっつくのや」

「ふうん」

見事な多角形に張られた軒下の蜘蛛の巣は、雨の中を抜ける風に、時折ゆうらと揺れていました。巣のまん中で、蜘蛛も一緒に揺れていました。

「いいこと教えてあげる」

祖母は目を細くしてから耳もとで囁きました。

「あのなあ、雨が上がってお日さまが出たら、すぐあそこを見なさい。蜘蛛の巣にたまった雨の雫が、お日さまに光って、ダイヤモンドに変わるんよ」

私はそんな思い出を手繰り寄せて、雨の日を暮らしています。

返事美人

六十年余り昔のこと。

「○○ちゃん」

「はーい」

「△△ちゃんもちょっと」

「はいっ！」
○○ちゃんは私で、△△ちゃんは二つ違いの、もう居ない妹の名前です。年をとると、声に力が減りますが、ゆったり優しい響きとなって、祖母の声は母と区別ができました。返事といっしょに、私たちは祖母のもとに急ぎます。どんなに急いでも、走ったりはできません。
「家の中を走ったらあきません」

と、小言を貰うことになっては大変です。何しろ私たちは返事美人でしたから。祖母は、幼い私たちに、「はい」とよい返事を求めました。「おはようございます」「こんにちは」「おやすみなさい」「ありがとう」もセットでした。けれど、なかでも「はい」が一番で、よい返事には、

「ほんとうにいい返事だこと。あんたらふたりは返事美人や」

と、褒めてくれるのでした。単純な私たちは、返事美人と言われるのが嬉しくて、よい返事に励み、ついでに手伝いにも励みました。

なかでも楽しかったのは、布団作り。板を使って洗い張りを済ませた布を布団に仕立て、打ち直した綿を詰める仕事です。

まず、布団状に縫った布を裏返して、中央の縫い残したところを下に、四角く畳に広げます。その上に真綿を両手で引っ張って、薄くのばしていきます。そこへ、綿をのせ、その上からまた真綿をのばして、上下で包みます。

真綿は両手で引っ張ると、蜘蛛の巣のように糸を引いて広がるので、面白くてなりません。

「ほらほら、遊んでいたら、綿埃が口に入りますえ。心を込めずにしたことは、いつか綻びが出るもんです」

と、たしなめられました。

真綿でくるんだ綿を、下に敷いた布団皮で四方から包むように折り込みます。中央で下の綴じ穴からくるりと抜いて広げると、綿の入った布団になっていました。縫い残しておいた所を、丁寧にかがり縫い、四方の角と何か所かを綴じます。綴じ糸は、少し太くて、綴じ終わった後、房に残されていたのが、出来上がりの気分を盛り上げました。

綿と真綿と布地と糸の見事なマジックのようで、私は、見るのも手伝うのも大好きでした。

糸通しも私たちの仕事で、頼まれれば無論競って、

「はい」

と、よい返事で引き受けました。

返事美人は、結構忙しかったのです。

団扇の風

汗、行水、天花粉、昼寝、蚊帳、夏の午後の懐かしい連想です。

連想の最後は団扇です。

幼い私は、そよろと受けた風に、うっすら目を開けました。

ふーう、と息を吸いこむと、行水の後に額や首筋にはたいてもらった、天

花粉の香りがしました。

目の先で、ゆっくり団扇が揺れています。私は安心して、また夢の世界に戻ります。

団扇を揺らせているのは祖母でした。風を受けて昼寝をしていたのは、本当は私ではなく、妹や弟であったかもしれません。でも、無責任な思い出の中では、祖母の団扇の風を受けて、気持ちよく昼寝を続けているのは、私になっているのです。

昨今、団扇は盆踊りの折りか、夏のイベント用で、日常の暮らしの中で使われることは、少なくなりました。扇風機でさえ影が薄くなって、今はどこの家庭でも、夏の暑さを凌ぐのは、クーラーやエアコンが多いでしょう。

私も汗を流して帰り着くと、急いでリモコンを手に、先ずはボタンを押します。

故障続きの末、取り替えたわが家の最新型はお利口で、リモコンの操作ボタンが、蓋の下にも並ぶ、機能満載です。

風向、風速、温度設定、湿度設定くらいまでは、私の能力でも付き合えますが、見はり空清だのプラズマ空清などなどは、機械に機能があっても、使う私が機能不足です。

利便追求が、人によっては不便になってしまうことに、納得がいきません。消費期限だの、耐用年数などの表示があるのですから、機械によって、子どもの玩具のように、適応年齢というのがあってもよい、などと思ったりもします。

それにしても、暑さ対策を機械に頼ると、最近は足先がSOSを発するようになりました。たくさんの機械はあっても、「思いやる」という心の部分を受け持たせることは、できないようです。昼寝の孫へ送る祖母の団扇の風は、涼しいように、冷えないように、送られていたのです。

生活環境が変わって、団扇の風だけで涼をとるのは、無論できないことで、私もエアコン頼りの暮らしです。けれど、あの団扇で送る風のような心遣いは、別の形でないかしら、と探します。

思い出の中の祖母は、羅《うすもの》の着物の衿を少し緩く抜いて、素足で畳に座っていました。時折り風が止むのは、祖母の居眠りでした。

影踏み

夏草のむれる匂いも消えて、足下を風が急いで過ぎるようになると、日暮れも駈け足です。

遠い日。

「秋の日は釣瓶落とし」

の母の声を思い出し、気持ちが帰り支度をいたします。

けれど、仲間の誰かが、

「月が出ている、影踏み！」

と声を上げると、静まりかけた遊び心が、また元気になります。

「影踏んだ！」

「まだ踏まれていないよ」

「ほら！」

月を背にしてできた影を踏みあう遊びが始まるのです。追う者も追われる者も、月との方角を探って動きあいます。

「〇〇ちゃん踏んだ！」

「ほら、踏んだ」

ただただ互いの身の影を追って踏むだけの単純な遊びが、どうしてあんなに楽しかったのでしょう。

水溜りの前に立って、影が水の中にできるようにするのは、知恵のある子の発案です。水の中をぴしゃりと踏むのは、ためらわれることでした。真似をしたいと思っても、都合よく雨の翌日影踏み遊びになるとは限りません。

私はとうとう果たせないまま過ぎてしまいました。

足の速い仲間は、何人もの影を踏んで得意でしたが、小さい弟や妹に、自分の影を踏ませる優しい兄や姉もいました。

そのうち、あちこちで、

「いつまで遊んでいるの、早くお帰りなさい」

と声がかかって、お開きとなります。それぞれの家への帰り道も、兄弟姉妹での続きがありました。

今はあまり見られなくなった、子ども同士じゃれあうような楽しみでした。

遠い空の上の月まで仲間に加えて遊んだことを思い出すと、今も胸がキュンと鳴ります。

影踏み遊びで遅くなったと言い訳をすると、

「あんたの影はちゃんとあったか」

と、祖母が尋ねました。

その後、嘘をついた罰に、自分の影を盗られた男の話を聞かせるのでした。

「影なんぞなくても、なんでもないと思うでしょ。けれど、月夜に誰にでもある影が、自分だけなかったらどんなやろ」

と言って、首をすくめました。

本当は、こっそりいつも自分に影のあることを確かめて、私はほっとしていたのです。子ども同士の遊びの中で、たわいない小さな嘘をつくこともあったのですもの。

影踏み遊びは、ちょっぴり恐い遊びでもありました。

そんな昔を思い出して、夜の帰り道、私は自分の影を確かめて歩きます。

絹を纏った貝殻

アサリのみそ汁を味わった後の貝殻を取り置いて、着物の残り布でくるみました。忘れていた日を思い出しての、久しぶりの針遊びです。

二枚の貝殻をふたつに分けて、小布の上に載せます。貝より少し大きく切り、布の周囲をぐし縫いし、中に殻を入れて糸端をしごきます。ぴっちり絹を纏った二枚を合わせて綴じつければでき上がり。糸紐を付ければ、根付けにもなって、和装小物の棚に並んでいたら、目がとまりそうな自己満足です。ただ、私の着物とお揃いですから、若やいだ華やかさに欠けているのが残念です。

私は十歳になっていたでしょうか。

「おおきに、糸通しのお蔭で、今日も針仕事ができました」

祖母は、私と妹に頭を垂れて礼を言ってくれました。

洗濯機も炊飯器もなく、薪や炭を使い、井戸水を汲んでの大家族の暮らしは忙しく、針仕事は祖母の受け持ちでした。着物の仕立て直しから布団の手入れ、縫い物まで、老眼鏡を鼻の上にのせても、糸通しは難儀のようで、私と妹が下受けとなりました。

何だって魔法のようにできる祖母にも、苦手なことがあるのは、子ども心をちょっぴり楽にしました。それに、どんな小さなことであっても、人の役に立っているという実感は、嬉しくて。

糸通しは、同じ糸に針を五本も六本も通しておくのです。一本の針に必要な長さの糸をつけて切れば、その都度糸通しをしなくてもすむ、なかなか知恵のあるアイデアでした。

針仕事の最後に、

「さあ、ここからはいっしょに遊びや」

と、祖母はセルロイドの小箱から、貝殻と着物の残り布を取り出すのでした。

「みなええ柄や。それぞれ思い出が詰まっている」

と、十センチ四方にも満たない布でも、大切に取りおいてありました。

「小さな黒い貝殻がシジミ、少し大きくて縞模様が横に入っているのがアサリ。ハマグリは殻が厚くて、触ったらつるつるしています」

私と妹は、好きな貝殻、好きな布を選んで、貝をくるんでもらいました。私が選んだのは、アサリと桃色の鹿の子のちりめん。母の長襦袢の残り布で、鏡掛けともお揃いでした。

あの鹿の子の布を纏った貝の最後は、どうなったのでしょう。

私は、そんな遠い日を手繰り寄せたくて、ひとりで貝に絹の衣を着せたのでした。

小春日和

十一月ごろのよく晴れた暖かい日を、小春日和と申しますね。「小春」は、暖かくて、いかにも春らしい気分がする意で、陰暦十月の異称です。

山の紅葉がすっかり里まで下りて、街なかにいても思わぬ彩よい木々に巡りあうのも、そんな日です。

雑誌もテレビの画面も、紅葉の名所を特集して、誘ってくれますけれど、そんな大そうな場所、人混みに行く暇がなくても、目を楽しませてくれる所は、身近にあるものです。

新聞の夕刊に、テレビ塔からの見事な紅葉の写真が載りました。十一月はじめのある日、知人を仲間に、何十年ぶりかで訪れました。

こういうのを穴場と申しましょうか、一番の街なかでありながら、人影はまばらで、エレベーターは、私たちの貸し切りでした。外が見える仕組みのエレベーターです。すーいと上がっていく間に、セントラルパークの紅葉が、広く遠くパノラマに広がりました。着いた展望台は、ぐるりと巡れば三六〇度の景観。南北にのびる紅葉の帯は、秋の陽を受けて輝いていました。

ほんと、おみごと！

新名所オアシス21の楕円の水を、錦に輝く紅葉の左手下に、ひとり占めの気分です。

「誘われなかったら解らなかった」

と、お仲間も何十年ぶりかの塔の上。

緑の木々には雨が似合うことも多いのですが、秋の紅葉は、少し遅い午後の陽射しにこそ映えると、小春日和に感謝いたしました。

「よいお日和だこと」

「いいお日和ですねえ」

私の幼い日は、どこででも聞かれた、挨拶に添えての言葉でした。

私は今でもこの言葉が好きです。「よい天気」「晴れ」「快晴」は、空の様子がなんだか鋭角です。「お日和」は、少し丸みを帯びて、柔らかくて、やさしい響きです。「小春日和」は、なかでもいっそうのどかです。

縁側と小さな座布団。

お盆に盛った柿。

小春日和の午後の連想に、時が止まります。

止まった時の中には、懐かしい顔が浮かびます。

とうにいない祖母や両親。

逝って間もない妹。

それから、幼い日、紅葉の舞い落ちる中で遊んだ仲間。

思い出はみな優しくて、明日に続く日々へのビタミン剤です。

この秋も、新しい思い出作りをいたしましょう。また、テレビ塔に上りましょうか。お城に続く公園を抜ける道のどんぐりも、私を待っていてくれるはずです。

大掃除

十二月、師走、極月。

懐かしい思い出に、大掃除があります。

今は、住まいも暮らし方も、私の子どものころとはすっかり変わって、便利で清潔で豊かになり、畳や家具も持ち出す暮れの大掃除風景も、見られなくなりました。

幼いころの大掃除は、年末の風物詩のひとつでした。早朝から、おとなも子どもも甲斐がいしく働く一日。襖や障子などの建具も外し、箪笥や鏡台、茶棚、火鉢などの家具を、ござを敷いて外に持ち出します。畳も上げて、日当たり、風通しのよい場所に、背中合わせに立て掛けて干すのです。ぽんぽんと埃を叩き出すのは、その後。常は仕事で留守がちな父も、この日ばかりは力仕事を受け持って、頼もしかったこと。

畳の下に敷かれた古新聞を取り替えるのは、私たち子どもの仕事で、時折りどうして潜んでいたのか、硬貨が見つかって、大袈裟に歓声を上げたりしました。

「冬の日は短いのですよ」

取り出した古新聞を読み続ける父に、母の小言が飛ぶこともありました。

背中合わせの畳を叩いたり、天井の煤を払ったりの魅力ある仕事はおとなの役割。子どもは、新聞の取り替えのほかに、細々した物を運んだり、ガラス拭きなどの役目がありました。

「もったいない」と何だって取り置く祖母も、この日ばかりは、「思い切りましょう」の母のことばに従って、あれこれ廃棄をしていました。ひびの入った茶碗や皿、空箱、包み紙、竹の皮、荷解きをした紐や縄などなど。ままごと遊びへの払い下げも、うれしいことでした。

「あんたの小さいときのや」

と、懐かしい品々との対面も、そんな折りです。

母たちは、割烹着に姉さんかぶりの甲斐がいしい姿。力持ちの見せ場を受け持つ父。何もかも外へ出して、広々とした床を走り回って叱られていた幼い弟たち。

空っぽになった家中を清め、持ち出したものを清めて戻す一日。はたきと箒と雑巾が、三大道具でした。

取り替えた新聞紙の上に清めた畳も戻り、少し位置を変えて家具も戻ると、早い冬の日は傾いていました。

住み慣れた家が、昨日と違う清々しさ、たたずまいです。

「もういつお正月が来てもええなあ」の祖母の声はまろやかで、家族総出でひとつのことを済ませた心地よさが満ちていました。

遅い夕餉の膳には、父に熱燗が、子どもには「ご苦労さま」が添えられました。

部屋の隅の衣桁《いこう》には、肩上げ腰上げを待つ私と妹の晴れ着も見えていました。

お正月

「新年おめでとうございます」

幼い日は、遠く待ち遠しかったお正月が、今は心の準備も整わないうちに、すぐに来てしまいます。

私は、まっさらな気持ちに戻って、この新しい年を迎えることができたかと案じます。

子どものころ、お正月は何もかもが新しく始まる出発のときでした。

家の内も外も、常とは違う念入りの掃除をし、身に付ける物もすべて「お正月からおろしましょう」と、お預けで待ちました。

清めた神棚仏壇にも、小さな鏡餅を供え、祖母の手で、床の間に金銀の水引を掛けた若松が生けられ、三宝に鏡餅が飾られると、

「ああ、お正月」

と、理屈を越えた感動が身体を包みました。

〆飾りも、玄関には大きなものを、かまどと井戸にも小さいのを飾って、どこもかも常とは違う晴れがましさ。

外注などない時代のお節料理は、みな家庭の味で、私も田作りを煎ったり、コンニャクを手綱にしたりと、大忙しの祖母や母を手伝って、得意でした。

私と妹の晴れ着の、肩上げ腰上げが整うと、大晦日が過ぎます。

大忙しの後、一夜明けての元旦は、前日の喧騒がうそのような静けさ、清々しさで、待ちに待ったハレの日です。

「おめでとうございます」

「おめでとう」

家族同士も、衣服を改めての挨拶。本当は昨日までと続きの一日で、同じ空、同じ空気でしょうに、何もかもまっさらに戻ったような気がしました。そして、昨日までのあれこれはご破算になった、今年こそ新たな気持ちで頑張ろうと、爽やかな気持ちになりました。ハレの日の意識は、緊張を伴って、心改めることのできるよい機会であったと、思い出します。

身辺を清め、心を清めて、「今年こそ」の気持ちを演出していたのは、先人の知恵であったかもしれません。

初夢、初荷、初仕事ばかりか、祖母は何にでも「初」をつけ、妹や弟とけんかをしても泣いても「初げんか」「初泣き」などと申しました。

日常が豊かになって、お正月が一年一度のハレの日の意識が薄くなり、気持ちを引き締めたり改めたりする機会が、失われていくような気がいたします。お餅も御馳走も、いつだってあるのは、ほんと、幸せなこと。

でも、私は、お正月が特別なハレの日でなくなっていくのを、本当はちょっぴり残念に思っているのです。

光の春

「目がうれしい」

幼いころ、祖母が早い春を迎えるたび、お陽さまに手をかざしてつぶやいたことばです。

二月、節分が明けて立春。外気はまだまだ寒い季節ですのに、昼がずいぶん長くなって、光には春が見えるという喜びのことばでした。

人が一生のうちに迎える、どの季節にも限りのあることを、考えることも思うこともなかった日の私は、何気なく聞き流していました。今、そのころの祖母の年齢を超えてみると、迎える季節との出合いにも限りのあることがわかって、祖母の気持ちが伝わってきます。

ほんと、この季節は、目がうれしい！

ガラス越しに、庭の南天の名残の実をついばむひよどりが見えます。彩度を増した陽を楽しむ風情です。もう、光の奥深くには、春が息づいているのでしょう。

去年、寒さの迫る前に、庭や植木鉢のあちこちに潜めておいたチューリップが、若緑色の角のような頭をのぞかせています。夷は、開花を待ちかねる風情。並木の桜や花水木、わが庭のぼたんや紫陽花にも、ポツリと芽吹きのふくらみが見えています。

「もう少しのおあずけですね」

そっとつぶやいてみます。

私は、ひとりでも多くの人に、こういう光の告げる早い春の気配を、いっしょに気づいてほしいと思うのです。

現代は、何もかも機械や機器まかせ、ＩＴ駆使の便利な暮らしになりました。それは、皆が力を合わせ、知恵を出し合って得た、理想の暮らしであったはずです。それなのに、何だが、誰も彼もが慌ただしく、忙しそうに見えます。私には、それが残念でなりません。

早い春の光は、ほんとうに目にうれしいこと。眠りから覚めて、やがて活動を始める万物の息づかいが潜んでいるようです。寒さの中ながら、光の春に、ちょっとだけ目を向けてみましょう。そして、心の深呼吸をいたしましょう。

「遊ぶ」とは、どこかへ出掛けることや、何かをすることばかりではないような気がいたします。

ときには、何もしないで光の春の中に心を泳がせるのも、楽しい遊びであると思うのです。この遊びの後には、きっと清々しい気持ちが体中を巡ることでしょう。私は、そんな折りに元気の種を播かれるのです。

でも、これにはちょっと気持ちを注がなければなりません。そうでないと、光の春は速足ですから、するりと脇を通り過ぎてしまいます。

思い出の糸先

もう二十年以上、ふた昔以上も前のことです。まだ私は現役の母親で、息子をはじめて下宿させる春でした。「遅れますよ」と毎朝起こし続けた息子は、ひとりで起きられるでしょうか。自炊などできるでしょうか。

送り出す日が近づくと、不安はどんどん大きくなりました。

寒かったらこのセーターを。暑くなったらこちら。おなかの具合が悪いときはこの常備薬。あれもこれもの心配事が行きつ戻りつして、荷作りは閉じては開ける日々でした。

まだ、母親先輩の姑が存命で、そんな私をからかいました。

「せいぜい心配を楽しみなさい。手の届く心配のあるうちが母親の華」

息子である我が夫に、はや手出し口出し一切しなかった姑は、今思えば見事な母親卒業を果たしていました。

便利用品、便利食材、便利外食も今ほどではなかった時代です。寂しさをこらえて、私も見栄を張って息子に言いました。

「自炊なんて簡単。食べられる食材を使うのですもの。おいしく食べたかったら腕を上げるのね」

「お見事！　その意気、母親の手の内から逃がしてやるのが下宿住まいですから」

と、姑はすかさず妙な激励をしてくれました。それは、下宿に送り出したら通って世話などやくなという、日頃の夫の言葉と呼応してもいました。

私も見栄を張り続けて、在学中の下宿訪問は二回だけ。代わりに流行りはじめていた宅配便に、「元気にしていますか」と短い手紙を潜ませて、食材や日用品を送っていました。

ケイタイもない時代で、下宿には共同電話しかありません。時折りの歓迎できない無心のほか、「荷物着いた。ありがとう、元気にしている」の短い電話が楽しみでした。

ある日、

「あのね、下宿のおばさんが、お母さんの刺した雑巾を持っているから君は信用できるって、親切にしてもらっている」

と告げました。

私は荷物を送るとき、壊れやすいものの周囲に、古タオルの刺し子の雑巾を入れていたのです。

そんな雑巾を今日も刺しました。息子に親切にしてくださった方は、今もお元気かと、懐かしく思い出しています。

思い出の糸先は、いつもポッと明るい丸い玉のよう。

今は送る先もなく、家事も骨惜しみがちで、刺した雑巾はたまっていくばかり。お恥ずかしいことです。


（二〇〇三年四月～二〇〇四年三月）

遠い夏の日

外遊び

草花、薬のシート、郵便物などを束ねて届いた輪ゴム。もったいない世代は捨てられないので、溜め込みます。

ほっと一息の春の午後。突然の思いつきで、長い紐につなぎました。

そう、昔遊んだゴム飛びの紐です。

校庭、友達の家の玄関先、焼け跡、草むら、めったに車など通らなかった道の脇。

三メートルほどにつないだゴムの端を、ふたりで引っ張ります。その間を次々と跳び越える遊びでした。最初は膝頭の低いところから、足の付け根、腰、胸、肩、頭と順に高くして、越えられなかったら持ち手を交代。

私は、斜め前から長い助走をつけて跳んでいましたが、一・二・三の呼吸で、近くからひょいと越える名人もいました。高跳びの要領です。ゴムには触れてもよいルールでしたから、跳ぶ拍子に片足でうまくゴムを下げて越える仲間もいました。ゴムの前で体をひねって、振り向きざまに後ろ足をかけて跳ぶのを、後ろ跳びといっていましたっけ。

遊び仲間は、年齢も学年もまちまちで、背の低い人が持ち手のときは楽に越えられましたが、上級生に代わると、早々失敗でした。それでも、誰も不公平などと言わず、いつか自分も背の高い上級生になれる日を頼りに、遊びの修行に励んでいたのです。

私と妹は、箪笥の取っ手の金具に、ゴムの一端を結びつける名案を思いついて、家に帰っても練習三昧。取っ手の位置を順に上げれば好都合の名案ながら、母にはしっかりと叱られました。

女の子の外遊びは、ほかに縄跳び、石けり、けんけんぱあ。まりつきは、「あんたがたどこさ」の歌に合わせて、柔らかいボールを、足の下をくぐらせたり、またいだりし、最後は両足の間を後ろに送って、スカートの中に取り込んでおしまい。

男の子が加わっていちばん楽しかったのは缶けりでした。人さまの庭も遠慮のなかった子どもたちと、子どもの遊びには鷹揚に構えていた大人たち。ソロバン塾に通う子がちょっぴりで、下校後の子どもの日課の一番は遊びでした。それも、年齢を越えた仲間との、体を動かす遊びばかりでした。

草も木も芽吹き、花いっぱいの春は、遊びの時間も長くなって楽しかったこと。

服が汚れても平気で、れんげ畑にこっそり寝ころんで空を仰いだあの快感。ぬるんだ小さな流れのメダカ。帰り道で「ふっ」と飛ばしたタンポポの綿毛。

思い出は懐かしい顔もいっしょで、遊びが子どもの栄養であったと、思い到りました。

箒の思い出

「ふ、ふ、ふ、ふ」

ひとり居の夜、テレビで古い映画を観ていました。

画面には、逆さにして壁に立てかけた長柄の座敷箒が映りました。長居の客を退散させるためのおまじないのようなものですが、若い世代には通じないかもしれません。白黒の小津安二郎の世界のことです。来客を招き入れて、愛想よく相づちを打っている画面の女性が、長話に閉口して、奥でこっそり箒を逆さまに立てているという設定でした。今は、長柄の箒そのものをご存知ない世代も、多くなっているでしょう。

暮らし方が変化して、いつの間にかハタキがけといっしょに、部屋を掃くという作業も消えていきました。現在の掃除は、ビュアーンと埃も塵も吸い込んでくれる働き者の掃除機頼り。道具が働き者、機能満載になって、使い手は働かなくなったような気もします。

私が子どものころは、便利用品もありませんが、部屋の掃除は朝夕二度で、ハタキがけ、掃き掃除、その後乾拭きや水拭きの雑巾がけでした。ほとんどが畳敷きの部屋で、食卓となる卓袱台も、脚をたたんで片づけられました。天気の良い日は、ことば通り、「掃き出し」といわれた縁先を開け放して、ささっと長柄の箒で軒先へ掃き出していました。

時折り、埃を集めるために、茶殻や湿らせた古新聞を、ちぎってまく知恵もありました。子どもには楽しそうに見えて、手伝いを買って出ましたが、「ハタキは上から順にかけるよう、箒は畳の目をよく見て」と、掃除のいろはも言い添えられていました。

ひとりひとり子ども部屋を得てこもる、などということのできなかった私たちは、知恵の手渡しが自然にできていたようです。そんな折りの祖母は、手拭いの姉さん被り、母はブラウスの残り布の三角巾を被っていました。美容院は、盆と暮れなど特別の日に行く所。シャンプーもリンスもなく、髪も石鹸で洗っていたころの配慮でした。


ある夜のことでした。

「遅くなりますね、いつまで続くのでしょう」

飲み仲間が一升瓶とともに来宅、夜更けまで父はご機嫌でしたが、母はこっそり裏口に箒を逆さに立てかけて、手拭いの頬被りまでさせました。

「帰ってほしいおまじないですよ」

と首をすくめた祖母。かいがいしくもてなしながら、こっそりそんなおまじないをした時代がありました。

卯の花の咲くころでした。

紙の着せ替え人形

子どもの日、子育てと家事に追われていた日、梅雨どきは恨めしい季節でもありました。

今では、そんな思いからすっかり卒業をしています。雨は日頃の喧騒を鎮めて、人の足どりも少し遅くするので、今のわが身のリズムにかなって、「雨もまた良し」で暮らします。小さな老い所帯は、洗濯は無論、晴れの日のあれこれをさっぱりと放棄放念してしまいます。

ただただ雨を眺めたり、聴いたりもよいものです。松葉の細い先に丸く溜まった雨粒は、蛍の光を見るようです。こぬか雨、そぼ降る雨などの懐かしい言葉も楽しみます。ショパンのピアノ曲にあるのは、「雨だれのプレリュード」。

雨の日の連想は、子どもの日に戻って、紙の手作りの着せ替え人形を思い出しました。

まずは厚紙に人の形を描いて切り抜きます。顔、髪型を工夫して、色鉛筆やクレヨンで彩色し、可愛い女の子を作ります。続いて着せ替える洋服作り。人形の体型に合わせて、お気に入りのスタイルを描きます。長いのりしろのような所を付けて切り抜き、後ろに折り込んで着せるのです。裏側はなしです。のりしろは両肩と両脇につけました。

仲間がみな競って作ったのは、フランス人形のようなフリルいっぱいのドレス。物不足の時代で、仕立て直しやお下がりなどで暮らしていましたから、架空のおしゃれを楽しんでいたのでしょう。あの色、この色、母たちの婦人雑誌のスタイル画もまねて、何枚も何枚も作りました。

誰の発案か、髪飾りや帽子をつけ、靴もはかせ、バッグも持たせていました。色を塗るにも着せるにも、張りのある白い洋紙が一番でしたが、そのころは簡単に入手できません。誰かがどこかで調達してきた紙は、使用済みの裏でしたが、うれしかったものです。

テレビゲームどころか、テレビそのものもない時代です。子どものおもちゃにまで親は目を向ける余裕がありませんでしたが、子どもはちゃんと雨の日にも楽しい遊びを見つけていたのですね。

無から作り出す遊びは、今思えば極上の楽しみ方であったと思います。描いたり、彩色したり、切り抜いたりは、知らぬ間の手先指先の訓練でもありました。

自作の紙の着せ替え人形は、あのころ私たちの宝物でした。私は、紙箱に千代紙を張って、その中に大事にしまっていました。私のあの着せ替え人形は、その後どうなったのでしょう。

雨の日の遠く懐かしい記憶です。

遠い夏の日

だんだん喧騒から逃れる時間が好ましくなります。

夫とふたりの暮らしは、大家族で暮らしてきた身には、ほんとうにこぢんまり、小さな所帯です。

庭の草をちょっと引いたり、花がらを摘んだりの後は、ひとりでもゆっくりとお茶を楽しみます。

若い日は人生の先を夢見て暮らしていましたのに、今は若い日、幼い日が懐かしく戻ってくることが多くなりました。

七月、夏休み、宿題、外遊び。

「〇〇子ちゃん、宿題は済ませて出かけるのですよ」

懐かしい母の声が聞こえて、私は小学生に戻ります。

麦わら帽子にギャザースカート。上は何を着ていたのでしょう。タンクトップもTシャツもない時代でした。足元は素足に下駄ばき。途中で前緒が切れても、用意の紐で取り替えることができました。畑を抜けた空き地が集合場所です。夏の陽を受けたナス、キュウリ、トマトにトウモロコシ。年齢も男女も混じった遊び仲間には、四ツ手網を持つ子、ブリキのバケツを持つ子もいました。行き先は近くの流れです。通っていた小学校に沿って泳ぎを楽しむ川があり、その川の支流に、田に引く水路のような流れがありました。

生活廃水も中性洗剤など含まれることがなく、ゴミになるプラスチックもない時代の流れは、水底の石も土も見えていました。黄緑色のフワフワした金魚藻が揺れていました。花の咲く前の萩に、羽を合わせたお羽黒トンボがいました。

流れは巾一メートルを越えるくらいで、両側から夏草が覆っています。

下駄を脱ぎ、夏草を踏んで水へ、そっと！

バッタが跳ね、ゲンゴロウが水面を回ります。

私たち女の子は、スカートの裾を濡らさないように、下着のゴムに挟んでいました。

四ツ手綱を川下に向け、一方に寄せて置き、残った所には石など積んで塞ぎます。あとは石の間、藻の陰を手足で探って、網の中まで魚を追い込むのです。三メートルほどの距離を、順に追い込み、体の大きい男の子が、ひょいと網を上げました。

宙に浮いた網の底を跳ねながら、夏の陽を受けて光っていたフナ、シラハエ、ドジョウ。時にはウナギやザリガニも入っていました。

遠くの入道雲。夏草の匂い。顔にはねた泥。水の音。歓声。

思い出の中の至福のひとコマです。

私は、コーヒーカップを手にしたまま、胸を熱くしています。

線香花火

「揺らしたらあかんよ」

「風上に行きなはれ、煙い煙い」

いちばん楽しんでいたのは、祖母であったかもしれません。日暮れを待っての花火遊びの思い出です。

○○花火大会で眺める、夜空高く彩る花火も大好きです。けれど、家庭で楽しんだ幼い日の、庭での小さな花火遊びは格別です。今はもう居ない家族がそろっていました。

「さすがに陽が落ちたら、首筋を過ぎる風がええ気持ちやなあ」

祖母の散歩の伴をするのが好きでした。八月も半ば過ぎて、夏草の匂いも少し力なくなるころです。

「またひとつ夏が逝くなあ」

と、つぶやく祖母の隣で、私は、今日も角を曲がった先の雑貨屋で、花火を買ってもらえるかしらと、巡らしていました。ひごのような細い棒の先に、色紙をよじって火薬を包んだ素朴な花火がほとんどでした。しゅしゅっと先から火が走り出る単純な花火には、大中小がありました。大きいのは紙の筒型で、火の出る勢いも長さも特別でした。でも、私の割り当ては一本。

「その大きいのは、ひとり一本ずつにしてな」

と、祖母は、木綿の単衣に貝の口に結んだ半巾帯の胸もとからガマ口を出して、花火の調達をしてくれました。

妹ふたり、弟ふたりを持つ私は、ひとりっ子であったら、あの太い花火を全部ひとり占めできるのに、と思ったことを白状いたします。

さて、とっぷりと日が暮れた庭に縁台を出し、ブリキのバケツを二つ用意します。ひとつには水を張って火の用心。もうひとつは、風を除けて火種のローソクを立てるのです。マッチでローソクに点火し、頭をバケツの底に向けて蝋を垂らし、急いでその上にローソクを立てたら準備完了。手に手に持った花火に火を点けて楽しみます。

「どうして私のはどれもすぐ終わるの」

とくり返して不平をもらしていたのは、もう居ない妹。

「きれいやなあ、はじめは紅葉《もみじ》、最後は柳や」

祖母は、線香花火が大好きで、着物の裾を抱え込むように腰を低くして、そっと長く楽しんでいました。弱々しくなった柳の葉に似た火が途絶えると、丸い火の玉は黒くなって、ほっと落ちます。ため息をひとつ。

「何度見てもええなあ。けど、ほんま、はかないこと」

と祖母。

花火を取り合って、じゃれるように遊んでいた私です。

はかないという思いを実感するようになった日、祖母はもう居ませんでした。

秋のはじまり

ハチマキ、ブルマー、裸足、運動場、運動会の練習。秋のはじまりの連想です。

焼けるような夏の日が終わって、二学期が軌道にのったころ、運動会の練習が始まりました。スニーカーなどということばもなくて、運動靴といっていましたが、下駄通学の仲間も多く、運動会は裸足の時代でした。教室での授業が短縮されて、校庭での練習が多くなります。それは、遊びとも隣り合わせの楽しい時間でもありました。

規則で縛りあうこともなかったのでしょうか、運動場の中央を使っている他の学年やクラスとぶつかると、空いた場所で待機の時間になりました。

みな工夫してその場で遊びます。私たちは、ブルマーの腰を下ろして、おしゃべりに興じたり、陣地とりを楽しんだりしました。陣地とりとは、ジャンケンで勝ったら掌をいっぱいに広げて、自分の陣地につけて、地面に円を描きます。その部分を加えて、自分の陣地をどんどん大きくしていく遊びでした。仲間より掌の小さかった私は、いつも損ばかりしているようで、大きな掌の仲間を羨ましく思う一瞬でした。

長じて掴み取りなどという商店街の行事で、「私は掌が小さくて」と添えましたら、「抜き取る穴を通るには、小さい掌の方が有利ですよ」と教えられ、何事にも長短併せ持つものと合点いたしました。

さて、そんな運動場での遊びは、どこが面白かったのか白熱し、下校時を過ぎても、運動場のあちこちにカバンを放り出して興じていました。

塾通いなどもなくて、遊びは子どもの日課でした。

「道草しないで帰るように」と指導はあっても、若い先生のなかにはいっしょに遊びに加わってくださる方もおいでで、ほんと、楽しいひとときでした。

秋の日は、すとんと落ちるように暮れるので、気がつくと西の空は真っ赤な夕焼け。みなカバンを拾い上げて、急いでの帰り道となりました。途中で竹垣の先に止まるトンボを見つけても、くるくると人さし指を回している余裕はありません。横目で駆け足です。

私の家は西の方角で、目の先の赤い空に、鳥の姿がシルエットとなって見えていました。昼間は汗ばんでいたのに、風が首筋を撫でて過ぎました。

玄関の引き戸を開けると、

「お帰り！　秋の日は釣瓶落としや、もうひと呼吸はようお帰りなさい」

と、祖母のことばは決まっていました。

大縄跳び

外遊びの好きな子どもでした。

「○○ちゃん、おおはいり！」

節をつけての大縄跳びへの誘いです。あの太く長い縄は、誰がどこで調達していたのでしょう。縄の回し手は、持ち手ふたりの呼吸だけでなく、入る人の呼吸も考えて、ゆっくり大きく回しました。くるくるというのではなくて、くうるくうるといった調子。縄が地面を打つとき、ぱちっぱちっと音がしていました。

弧を描く縄の向こうに、バラックの校舎が夕日を受けていました。この遊びは、焼け跡、原っぱはだめ。平らに均された運動場が一番でした。

具合よく縄が回って、

「○○ちゃん、おおはいり!」

で、先頭の子から縄に入ります。上半身を前後に揺らし、縄といっしょに回っている気分になったところで、ひょいと入ります。

ぴょん、ぴょん。

前に進んで、次の子が入ります。

ひとり、ふたり、さんにん……多いときは六人も七人も並んで跳びました。

足の下を通る縄を、調子をそろえて跳び越えると、心がひとつになったようで、ほんと、よい気持ちでした。

「いち抜けた!」

「にい抜けた!」

全員のそろい踏みの後、最初の子から順に縄を抜けます。

入るのも出るのも全員失敗なくできたら大成功。羨ましげに眺めていた小さい子もいっしょに、歓声を上げ拍手しました。

ああ、思い出しても快い達成感。でも、誰かの足が途中で縄に絡めば、

「あー、あっ！」

とため息とともにやり直し。こちらの方が多かったような気がします。失敗の原因が自分のときは、唇をかみましたが、互いに責めることもなく、繰り返して遊びました。

失敗があるから成功をしたときの喜びが大きいことを、互いにわかっていたようです。でも、誰もがこっそり練習をしていたのですよ。

低学年の子は難しいので見学でしたが、いつか、「○○ちゃんもお入り」と誘われるうれしい日を待って、まずはひとり跳びに励んでいました。

誰が決めたのでもない、自然のルールでした。

仲間のなかには、大縄の回る中に、自分の縄跳びをしながら加わることのできる名人もいました。残念ながら私は失敗ばかり。

「縄を追いかけるように、自分の縄をそろえて入るのよ」

名人の助言でした。

ギネスに挑戦などではない、ただただ楽しい遊びでした。

赤い毛糸玉

「おばあちゃん、まだ起きていたの」

ひと眠りの後、珍しく目を覚まして、私はお手洗いに立ちました。小学生半ばの秋の夜でした。

「気いつけて行きなはれ」

トイレなどとはいわなかったそのころの原始的なお手洗いは、廊下を出て濡れ縁を歩いたその先にありました。

戻りぎわに居間を覗くと、小さな電球の下で、祖母は座って手を動かしていました。手元から赤い糸がつながって、膝の横で毛糸玉が揺れていました。

「何を編んでいるの?」

と聞くと、

「こっそり編んでいたのに、見つかってしもうたなあ」

「なあに？」

「あんたと○○子の手袋や」

「手袋？」

「へえ、寒うなって要るときがきたら、はいと渡そうと思っとったんや」

と笑みました。

「はよおやすみなさい」

「そんなら、おやすみ」

その夜、私はきっと幸せな夢を見たことでしょう。

雑誌の中で毛糸玉と遊ぶ猫の写真を見つけて、突然遠い日のそんな一コマを思い出したのです。

そういえば、私と亡くなった妹は、赤い鍵針編みのミトン型の手袋を使っていたことがありました。両の手に長い鎖編みの紐がついていて、使わないときは、首に下げていました。

どうして今ごろ、六十年以上も昔のことが、こんなに鮮やかなのでしょう。

小さな電球の下の祖母の姿は、闇の中にそこだけぽっと浮かぶような思い出の図です。

懐かしくて暖かい思い出は、毎日の暗いニュースでざらざらする心を、そっと平らにならしてくれるようです。

思い出そのものは遠い遠い日のものであっても、その効用は今もあるのですね。

そうそう、祖母はあの折り、

「こっそりしていたのに見つかってしもうた」

と言っていました。

最近の私たちの暮らしは、こっそり楽しみを作ったり、こっそり役に立っていたりということが少なくなりました。

「あなたのためにこれだけ尽くしているのに」

「私はこんなに努めているのに」

というのは、心に波の立つことです。

表に見えないことを楽しんだり、見えないことに気づいたりは、上等な粋な暮らし方かもしれません。

秋の夜長は、私の思い出袋の口が少し緩みます。お茶をいただきながら、そんなことを思う時間が増えました。

針仕事

スカートの裾から糸が垂れているのに気づいてつまむと、どこまでも解けてきます。

「どうしましょう」

と、手を添えるほどどんどん解けてしまいます。

「まあ、恨めしい」

昔は、ほつれを見つけても、その場で糸玉を作れば止まりましたのに。

一針一針の手仕事は、小さな補修ですんだのですが、機械の仕事は無情です。

「修理のお店に行けば、すぐ繕ってもらえますよ」

「アイロンで接着できる裾上げもあるのですよ」

と教えていただいても、裾の解けたのは、まつりぐけか千鳥がけと、私は頑固で融通がききません。

針箱を持ち出し、糸通しに難儀をして頑張ります。

「ああ、こんなときくけ台があったらいいな」

懐かしく思い出しました。

母や祖母が使っていたくけ台は木製で、使わないときは二つ折りにして片づけていました。九十度に立ち上げて、台になる方は、膝の下に敷きます。立てた頭の部分には針山があって、針山の中には髪の毛が入っていました。針山の続きに、洗濯バサミのように布の端を挟み留める金具があって、ぴんと張らせてまつるのでした。金具だけ単独で、机の縁に挟み留めて使う器具もあって、私たちは学校の家庭科の時間に使っていましたっけ。

針箱はセルロイドで、待ち針の頭は花型の厚紙。その小さなところへ、名前を書き入れていたのです。

私の糸巻きは、蝶の形に似たマーブル模様のセルロイド製で、今も現役で残っています。引っかき傷のように何かで削って記した私の旧姓は、きっと、母の手で書かれたものでしょう。

白いへらもありました。

小さな握り鋏には、鈴がつけられていました。母や祖母の木製の針箱の中の鋏にも鈴がついていました。

針箱、くけ台、鈴のついた握り鋏。小さな笠の電球。冬の夜。

そうそう、一年最後のわが家の針仕事は、妹と私のお正月の晴れ着の肩上げ、腰上げの調節でした。

四つ身の着物などということばも懐かしいこと。

「じっと立ちなさい。寸法が決まらない」

と母。

「うれしいもん、じっとしとられへんわなあ。また大きうなったなあ」

と祖母。

針仕事の後、衣桁に掛かった私たちの晴れ着は、お正月を迎える気持ちを、一層引き立てていました。

解け続ける裾糸に、腹立ててはじめた針仕事は、懐かしい思い出を連れて来てくれました。

追い羽根の音

おめでとうございます。

無事に新しい年を迎えることができたことを、年毎にありがたく思うようになりました。昨日と変わらない時間の続きですのに、新年を迎えると、空も空気も新しくなったような気がします。

私の子どものころは、身につけるものみな「新年から」と、暮れはお預けで暮らしました。ごちそうも無論、お正月のものでした。

そういう待ち望んだ日々のあったことを、今は幸せであったと思います。お陰で私は、新年は気持ちも改まって、「今年こそ」「今年は」と思うことができます。昨日までの失敗も怠惰も、一旦ご破算にできるのは、ありがたいことです。

さて、皆さまの今年のお正月は、どんな音を連れて訪れましたか。私は、追い羽根の音でした。

クアン　クアン

昭和二十年代半ばのお正月。羽根つき相手は、妹と近所の遊び仲間でした。私も妹も、従姉妹のお下がりの晴れ着にリボンの髪飾り。蝶結びのリボンにヘアピンを通した母の手作りでした。ささやかな祝いの膳がすめば初遊び、羽根つきです。

「初羽根つきしましょ」

何にだって「初」をつけて、杉の羽子板は、飾り絵のない方でつきました。

クアン　クアン

弾みのよい小さな木の玉に鳥の羽根。

四枚の細長い苞《つと》を持ち、初夏に淡い緑色の花を咲かせる衝羽根《つくばね》という植物のあることを知ったのは、おとなになってからでした。秋に実を結ぶと、羽根つきの羽根にそっくりです。

打ち損じたら顔に墨を塗る罰に興じたこともありましたが、晴れ着のときは無論ご法度。右利きの私は、左手でちょっと右の袂を押さえてつきました。

クアン　クアン

たいていは下からすくい上げるように、相手につき返すのですが、勝負をかけて頭の上で、テニスのスマッシュのようにつき下ろすこともありました。

お正月の空を、白い羽根は尾を引くように行ったり来たり。仲間の晴れ着の袂が、ひゅんと風を切りました。

あの音、あの羽根。

ああ、懐かしい。

あんな時代に、母はどうして手に入れたのでしょう。

「これはお飾りですから使ってはだめよ」

金襴の押し絵のついた桐の飾り羽子板もあって、私が藤娘で妹が汐汲みでした。

「だめ」は一番の誘惑。

こっそり持ち出して、ふたりで飾りのない裏で羽根をつきました。

桐は柔らかくて、ついた跡が残り、すぐ見つかってしまいました。

天気の予報

「自分で判断をする楽しみを奪わないでください」

テレビの天気予報を見ながらつぶやきます。

晴か曇りか雨降りか。風は強いか。暑いか寒いか。私のほしいのは、そういう情報です。そうそう、台風の予報や雪の予報も無論ほしい情報です。

けれど、暮らし方まで指図されるのは、本当はうれしくないのです。

「傘をお持ちなさい」

「折りたたみがいいでしょう」

「お洗濯は早めに」

などと、本当に親切になりました。最近では、洗濯指数が示されるのも当然のようです。そういう指図に従って暮らせば、判断も不要で楽でしょう。でも、風の様子、雲の流れ、気温などなどから自分で判断する楽しみが減ります。

「やっぱり私の思った通りだったわ」

と、雲の動きを読んだ早めの干し物で、午後の雨を避けることができると、ちょっといい気分です。

「予報に従ったら違っていたではありませんか」

と、使わずじまいで持ち帰った傘や、濡らしてしまった洗濯物の不満を転嫁することもありません。傘の持参も、私は自分の判断を優先いたします。行く場所によっても、要、不要の程度は異なるのですもの。

体感気温や湿度、月や太陽の様子、雲の動き、夕暮れ時の鳥の群れ、飛ぶ羽虫、などなどみな祖母や母からの伝授をもとに、自分の体験による判断を致します。最近のテレビの予報が当たらないなか、私の感ピューターの予報の的中率は、高いのですよ。

さすがに、下駄予報はしませんが、子どものころ、遊び仲間が帰り際に、空に向けて
「あした天気になあれ」

と、それぞれの下駄を足先で空中に放り上げていた図は、思い出すのも楽しいことです。

最近は、傘や洗濯だけでなく、服装のお世話もはじまりました。

「ジャケットが要ります」

「薄めのコートを」

「厚手のコートに手袋、マフラーを」

と、予報官が指図してくれます。

体感は個人差があって、暮らし方、出かける先によっても、ひとりひとりの判断が必要でしょうに。

大気を感じ、判断して着衣を決めるのは、自然とのつながりでもあると思います。指図通りに何だって暮らしてしまうのが不安です。便利になって、生き物としての能力が失われていくような気がしてなりません。

箸置き

「ごめんなさいね」

使用期限の短いのを詫びつつ取り替えます。桜の季節は、そんなに長くはありません。その間に、私は四種類もの箸置きを使います。母は箸枕と呼んでいました。

花型と花びら一枚のものは、桜色の陶製です。本物の桜の花を閉じ込めたガラス製もあります。それから、桜を描いた塗りのもの。

桜便りが届くころになると、今年はどの順に使いましょうかと、楽しい悩みが始まります。

「あら、年毎にひとつを決めて、毎年巡ってくるのを楽しまれてはいかが」

と、アドバイスしてくださった方は、唇も可愛い桜色でした。桜の大好きな妹を失った私は、そんなに悠長に構えてはいられません。今年の桜の季節に、全部使っておきたいのです。

四季のあるのはうれしいことです。

意識をすれば暮らしにアクセントができて、怠惰になりがちな私を救ってくれます。お掃除の億劫なことは棚上げにして、床飾り、花器と花、敷物、クロス、食器などなど、私は季節と仲良くしています。そんななかのひとつが、季節毎の箸置きの楽しみとなりました。

日に三度も使う機会があって、しまう場所もとりません。扱いに体力の要らないのもうれしいことです。

年のはじめは鶴や亀。椿が咲けば椿が登場。桜四種。エンドウ豆の形は陶のもの。アヤメの染め付けもあります。夏は、つるんと涼しげな色ガラスのあれこれで、秋口には白磁にコスモスを選びます。楓やタカノツメは形が好きです。その間にお土産にいただいた魚の出番もあって、忙しいこと。でも、どれも愛らしくて、楽しいものばかりです。

家族の多かったころは、集まる人も多くて、十客も揃えていましたのに、今は何だって二客あれば十分となりました。焼き物の里、塗り物の町と旅先でのお土産にも求めます。二客の箸置きは、ポケットに忍ばせて帰ることもできる便利さです。

「これは○○へ旅した折りのもの」

と、使うたびにその旅の思い出もいっしょです。

そんな楽しみも増えましたが、旅毎、出会う毎に増やしてしまって、今では、使うのに忙しくなりました。うっかりしていると、使わずじまいに季節が過ぎて、

「まあ、うっかりでした。来年の約束ができるでしょうか」

と、悔しい思いをいたします。でも、

「リストをお作りなっては」

などはだめ。

仕事のようにしては、楽しみは半減いたします。

（二〇〇四年四月～二〇〇五年三月）

待ちどき

しつけ糸

「貴重になりますよ。古い品を大事になさいませ」

馴染みの悉皆屋《しっかいや》さんの優しいことばです。そのことばに救われて、昔、母が見立ててくれた古い着物を、仕立て直すことにしました。

黒地に白い井桁模様のお召しは、数少ない単衣で、身巾も足りなくなり、派手になりました。

「羽織になりますか」

「ひと工夫でよい羽織なりますよ」

と、うれしい会話。

待つ楽しみの後、古い単衣の着物は、洗い張りを終えて、羽織に変身して戻ってきました。

まっさらの畳紙《たとうし》に納まって晴れがましいこと。畳紙の細い紐を解くのは、いつも心躍りする瞬間です。

そっと、ていねいに。

見覚えのある井桁模様が行儀よく納まっていました。衿、袂に糸足のそろったしつけ糸。衿下は交差してしっかり形が整えられています。

しつけ、しつけ糸。

清々しい響きのよいことばです。和服のしつけは、仕立て上がったものに、きちんと形を整えるため、折り目たたみ目をつけるためのものです。仮に縫いとめる洋服のしつけがけとは異なります。

新品は無論のこと、たとえ仕立て直しでも、

「まだ誰も手を通していませんよ」

という印でもあります。

祖母や母たちの仕立て直しは、衣の暮らしの一環で、布と一生をともに堪能するものでした。着物から羽織、ねんねこばんてん、布団、座布団、前かけに腰紐、雑巾まで、次々に命をつないでいきました。不用になった品を、アイデアで勝負してリサイクルするのとは違う気がいたします。

畳紙の紐を解き、絹の感触を確かめてしつけ糸を解くとき、私はいつも清々しい気持ちになります。

しつけ糸は仮糸ですから、張らせて強く引けば、音の手応えを残して切れ

ます。遠い日の母は、指先で弾いて一端を切り、抜き取っていました。そして、抜き取った糸が散り散りにならないように、掌で畳にくるくる押しつけて、糸玉にしていました。そんな折りの、

「仕立て下ろしは気持ちがいいねえ」

と言った声が聞こえてきそうです。

そう、「仕立て下ろし」です。

しつけをかけて、第二第三のおつとめも、まっさらの第一歩にするのは、何と素晴らしい知恵でしょう。

「しつけ」「しつける」の語源も納得いたします。

しつけを解いた羽織を衣紋掛けに通して眺めています。

新聞紙の兜

「次は何を折りましょうか」

小さなイベントで、色紙をいただきました。遠い戦後の子どもの日に、こ

んな美しい色紙があったら、どんなにうれしかったでしょう。紙も上質で、色も鮮やかです。

一枚を取り出して、何げなく折りはじめていたのは鶴でした。折り鶴は、やはり手になじんだ定番のようです。それから、思い出をたどって、奴さんに袴をはかせ、風船やだまし舟も折りました。色もとりどり。

ひとり居の午後、周りがほわっと明るくなりました。

五月。端午の節句は過ぎましたが、次は兜を折ってみましょう。

妹と私の雛人形も弟たちの武者飾りも、それぞれ一枚の写真が残っているだけです。みな置き去りや灰にして、終戦の翌年引き揚げてきました。そんな何もかもなくした子どもの日、祖母は新聞紙で大きな兜を折ってくれました。それは、幼い弟たちが頭に被るのに十分な大きさでした。折り紙で兜を覚えたのは、そのときのようです。

「まず新聞紙を大きく広げなさい」

「こう?」

「そう、次は角をそろえて三角に折りなさい」

「これでいい?」

「ああ、そうそう。あまったとこ切ったら四角になるでしょ、はい鋏。そのままそのまま」

「開けないの？」

「ああ、三角にした長い両端をもうひとつの角に向けてそれぞれ折りなさい」

「はい」

「そうそう、その角をまた半分に折り返す……」

私は、祖母のことばをたどって、久しぶりに兜を折ったのでした。

あの日、弟たちはその紙の兜を被り、半ズボンの腰に和裁用の物差しを挟んで、追いかけあっていました。

「あんたらもか」

と、あきれられながら、妹も私も被りました。菖蒲湯もしました。

菖蒲湯は今もわが家に続いていて、

「おふたりだけでも？」

と、老い暮らしを知って、問われる方もあります。やめてしまったら、きっと忘れ物をしたような気がするのでしょうね。菖蒲といっしょに結わえたヨモギのにおい立つのが好きです。クリスマスもバレンタインデーも縁なく暮らしながらの拗ね者かもしれません。湯上がりにこっそり、菖蒲のハチマキを試したりもします。みな思い出がいっしょです。

今は何だって前進、前向きが合い言葉の時代ですが、後ろに持っている思い出もまた、エネルギーになるような気がいたします。

連想遊び

六月、雨、傘、紫陽花、カタツムリ、ぬかるみ、水溜まり、ゴム長。

またまた、連想遊びです。

雨の降り方もいろいろで、私の常用する傘は、黒地に花模様か紅色です。黒地は友人のお嬢さまからのプレゼント。紅色は旅先で雨に出合った折りに求めたもので、手もとの房がきれいです。花柄の傘を開くとき、「あのお嬢さんは今日もお元気かしら」と思い出し、紅色を差せば、旅の思い出が戻ります。雨の日も楽しくしてくれるのはうれしいことです。

紫陽花は、百合とともに母が好きだった花のひとつで、

「見て、見て！　もうこんなに青くなっている」

と、毎日色の変化を楽しんでいました。あのころ、わが家の庭に咲いた紫陽花は、咲き始めは白く、少しずつ少しずつ青色を帯び、濃くなって、最後は見事な紫色になりました。花も大きく、雨が続くと頭を垂れていきました。

今、わが家で咲くのは、すぐに青くなって、紫にはなりません。こぢんまり

と行儀のよい咲き方をします。昔の花の方が好ましいのは、思い出というおまけが添うからでしょうか。

花屋さんにたくさん並んでいる色も形もとりどりの新種は、好みにかなうまでに時間がかかりそうです。その時間が残っているかしら。

紫陽花にはカタツムリが似合いますが、「お仲間は少しにしてくださいね」と、こっそり願います。ある年、わが家の庭でカタツムリが大発生をして、紫陽花の葉も花芽もすっかり食べられてしまったことがあるからです。それでも、梅雨の季節の連想にカタツムリは欠かせません。

そして、水たまりとぬかるみ。そのどちらも今は思い出の中だけになりました。ポストへの道も、近所のお子さんの通学路もみな舗装です。私の小学校への通学路は土の道で、歩くのが下手でしたから、

「またこんなにスカートの裾にはねを上げて」

と、小言を言われていました。リヤカーや自転車の轍《わだち》の跡はぬかるんだり、水が溜まったりしていました。踏み固められていない道のあちこちには雑草が生え、雨を受けて日に日に育っていました。そんな道を歩くのは、常の下駄をおあずけにしてゴム長でした。母が足首までの白いレインシューズを履

いていたのは、いつのころだったのでしょう。

あのころ、降り続いた雨が上がると、開いた傘といっしょに、大小のゴム長が青空の下に並んでいました。小さな幸せの図でした。

夏休み

夏休み。もう縁のないことですが、わくわくする響きを持っています。

「宿題をいっしょにするのだから」

親への万能薬はこの一言でした。友達の家へ行きつ迎えつの小学生のころの夏休み。懐かしい思い出です。どの年も、私は七月中に宿題を終えて、八月はたっぷり遊ぼうと計画しました。塾などない時代で、宿題さえ済めば、親も子も元気が一番でした。仲間もみな考えは同じで、

「今日は私の家へ」

「明日はうちに来てね」

と誘い合うのも楽しかったこと。

戦前からの大きなお邸《やしき》に住む友達の家では、床の間つきの大座敷を解放され、親類の小さな離れに住む仲間の家は、卓袱台を囲んで家族のようでした。エアコンもクーラーも無論なく、ゆっくり回る扇風機があれば極楽のようで、汗を拭いて、団扇で風を送っていました。

お邸の家は、庭に開け放された座敷に麻の夏座布団。簾越しに、木立の間に灯籠が見えていました。行ったこともない旅館に居るようでした。

机代わりに卓袱台を囲んでの時間も、互いが一層近くなって、楽しいものでした。そういう仲間の家は、夏用の花ござが敷かれ、素足でぺたんと座っていると、立ち上がったとき、畳の跡が脚に残っていました。個室のない時代で、どこのお宅でも、すぐに家族と仲良しになりました。

楽しい仲間が集うのですから、宿題の掛け声は最初だけ。蝉しぐれが誘ったり、近くの子どもの声が届いたりしたら、気持ちは頓挫《とんざ》です。

よいころあいで、トウモロコシやスイカが振る舞われました。井戸水で冷やされたスイカは、櫛型に切り分けられて、お盆にのせられ、隅に塩が添えられていました。縁先に並んで足をぶらぶらさせ、

プッ！

と庭先へ種を競って口から飛ばしたこともあります。何がおかしかったのか、みんなよく笑いました。

行儀の悪い図に思われそうですが、

「こんにちは」

「お邪魔します」

「ごちそうさまでした」

と、誰もがその家の家族にきちんと声を掛けていました。

「残りは明日にしよう」

と、言い出す人がいたら宿題は終わり。後は、その家の家族もいっしょに、トランプに興じたり、おしゃべりをしたり。いつも蚊遣《かや》りが近くで揺れていました。

電化生活とは遠かったあのころ、どうして大人も子どもも、あんなにたっぷりの時間があったのでしょう。

天花粉

「そろそろ出ておいで」

「もうちょっと」

「うん、もうちょっと」

妹と私は、狭い盥《たらい》のぬるま湯に交互につかって、指先に溜めた水を相手の顔に飛ばしたり、水をかけあったりしていました。

夏休み、お風呂を沸かさない日の午後の行水。

金盥、日向水、妹、湯上げタオルを抱えて待つ祖母、そして天花粉。

私が小学三年生、妹が一年生の戦後間もないころです。くみ上げた井戸水を運ぶのも大変、薪も乏しくて、近くの伯母の家と交互にもらい風呂をしていました。

油照りの夏の日、井戸端で洗濯を終えた母は、盥に水を張って、後はお天道さま任せ。しばらくすると、水はぬるいお風呂のようになりました。箍《たが》が緩まぬよう、黴《かび》が生えぬよう気を使う木製の盥ではなく、行水にはひとまわりもふたまわりも大きい金盥が使われていました。きっと、日向水がすぐ温まり、遊んで踏み抜く心配もなかったからでしょう。

場所は勝手口を出たところ。コールタールを塗った節穴のある板塀は表通りで、他所の畑に続く裏は、マキの木が繁って人目を遮っていました。その根元にミョウガが生えていて、薬味にひょいと抜いて使っていましたっけ。あのころはうれしくない味でしたが、今は好んで求めます。たくさんのセミの声が聞こえていました。セミは一斉にそろって鳴き、一瞬ふいと静かになるときがあります。

素っ裸で金盥の水でふざけあった妹と私。あのころの小学校低学年は、本当に子どももそのものでした。

「上がるよ」

と祖母から湯上げタオルといっていたバスタオルを受け取り、筒のように包まると、縁側へ一目散。

「よくふいてから」

の声を無視して、両手を通して頭からかぶるギンガムチェックのワンピースは、シミーズと同じ型の母の手製でした。あのころは柔らか仕上げではなく、何だってしゃっきりとのり付けです。我が家ののりは、お釜落としのご飯粒を晒《さらし》の袋に溜めてもみ出したもの。

そして、行水の仕上げは天花粉でした。首筋、脇の下、顎の下、おでこにも。母がおしろいをはたくのに使っていたパフの再利用で、
ポンポン、パッパ、

「はい、これはおまけ」

時折り、祖母は少しふざけて、妹と私の鼻筋にすっと白い線をつけたりしました。お稚児さんのように。

残り水は、ブリキのバケツに柄杓を添えて、夕方の打ち水となりました。

あの日の人は誰もなく、家族が知恵を出し、手をかけて暮らした思い出だけが残っています。

おつかい

「お豆腐屋さんへおつかいにいってね」

何をしていた折りか思い出せない遠い日ですが、

「はあい」

と引き受けるより仕方がありません。母の手には、もうお鍋を包んだ風呂敷が用意されていました。

魚は魚屋さん、野菜は八百屋さんの時代でしたから、お豆腐は無論お豆腐屋さんです。風呂敷包みと小銭の入ったガマ口を受け取って、

「いっしょに行こう」

と妹を誘いました。

「遊びながら揺らして帰ってはだめよ」

後ろで母の声がしました。でも、お豆腐屋さんへのおつかいは好きでした。水槽にプカプカ浮かぶ白い大きなお豆腐をすくい上げ、包丁で一丁ずつに切り分け、持参のお鍋にするり。お店と仕事場は一体で、隅には一斗缶いっぱいの大豆。水につかっているのもありました。水槽の上に渡した板の上に新聞紙を敷いて、油から出たばかりの厚揚げや油揚げが湯気を立てていました。

そのころのわが家は八人の大家族で、二丁も三丁も求めました。たいてい油揚げもいっしょです。ビニール袋もプラスチックもありません。新聞紙を貼り合わせた袋に入れて、油が移らないようお鍋の蓋を逆にして、その上に

のせられました。大きな前かけに長靴のおじさんかおばさんが、

「ご苦労さん、はい、これはおまけ」

と、油揚げが増えるのもうれしいことでした。

今も私は、油揚げをさっと炙《あぶ》って、おかかと刻みネギをのせ、おしょうゆを垂らしていただくのが好きです。

帰り道には、遊び仲間が集う場所もあり、私は一瞬、風呂敷包みを妹に預けて遊びたくなるのでした。

「お姉ちゃん、寄り道したら遅くなるよ」

と妹はいい子ぶり、私はぷっと頬をふくらませて道を急ぐことになりました。

ほんとうに九月の日暮れは毎日早くなって、足元の草の匂いも力なくなります。吊り紐のスカート、素足に下駄ばきの妹と私。舗装のない砂利道は、うっかりすると下駄の歯の間に、すっぽり石が挟まることもありました。

お風呂の水汲み、薪運び、妹や弟の子守り、回覧板を届けたり、洗濯物をたたんだり、お手伝いはいっぱいありました。

洗濯機も掃除機も炊飯器もなくて、おとなはいつも忙しく働いていたので、

「ちょっと手伝って」

「はあい」

は、どこのお家でも。

「これはあなたの決められた当番なのだから」

という役割ではないお手伝いでした。

ハンカチを干す

「無理ですねえ、今のわが家では」

思い出の中のガラス窓には、ハンカチが張りつけられていて、その隙間から秋の空が見えました。

ずっと昔、祖母や母は、使ったハンカチをちょこちょこっと手揉み洗いをして、ガラス窓に張りつけていました。乾けばぴんとアイロン要らずです。

角をそろえてきれいに畳んで、

「はい、ハンカチとチリ紙」

と手渡されていた妹や私。そういえば、チリ紙も死語で、今ではティッシュです。

夫も私も使ったハンカチは洗濯機へぽい。カッターにまで自分でアイロンがけをしていたころは、ハンカチもついででしたが、今はため込んで先延ばしです。

先の世代の小物の手洗いなど、造作のないついでのことだったのでしょう。使い終えたハンカチを見つけると、ひょいと前掛けやエプロンのポケットに忍ばせておき、井戸端の何かの家事のついでに、ちょこちょっと済ませ、裏口の手近なガラスに張りつける。そのガラス窓やガラス戸も、思いついたり通り抜けたりするついでに、撫でて拭い、大きな汚れとしてためなかったのだと思われます。

それにしても、一枚か二枚のハンカチをガラスに張って、アイロン要らずで使うのは、さしずめ今ならエコ暮らし、なかなかのアイデアです。

何だか面白そうで、

「自分でしたい」

と志願したこともありました。ぴったりと張り上げるにはコツがあって、濡れ過ぎては滑り落ち、絞り過ぎても張りつきません。

手加減手加減です。

「こういうことは、人さまの目につかんところでおやり」

と添えられていたので、こっそりの知恵のひとつであったのでしょう。それでも、私には懐かしい図です。

あのころの部屋の照明は、天井の真ん中に下がった笠だけの電球。そこに二股のソケットをつけ、一方をコンセントにして使っていました。アイロンのコードは、そこにつなぐのです。コードも今と違って、電線を包んだゴム線を束ねて糸を巻いてありました。人絹とかスフとかアイロンに不向きな繊維もありましたが、日常の衣類の多くは、洗えば皺だらけの木綿がほとんど。霧を吹いて湿らせてのアイロンかけは、母の毎日の仕事の一部でした。

「大変だったわね」

と、今ごろ労いの言葉をつぶやいています。

ガラスに張りつけたハンカチは、そんな暮らしの知恵のひとつと思っても、私はその前にガラス拭きをしなくてはならないていたらくです。

古い腕時計

「珍しい時計ですね」

「アンティークでしょ」

などと言ってくださる方もあって、こそばゆい。

箪笥の片隅に何十年も忘れてしまっていたのを、見つけ出したものです。角を落とした一センチほどの角型銀メッキ。周囲に刻み模様があって、ベルトも細い木の葉を繋いだような鎖です。文字盤を覆うガラスは、面取りをして盛り上がっている厚型。見るからに時代遅れ。アンティークかしら。

若い日の夫からのプレゼントでしたが、子育て、介護の日々が続いて、すっかり忘れていました。若い日は薄給でしたから、無論上等の品ではありません。

まあ、お久しぶり。手巻きです。右手の親指と人さし指でネジをつまんで、
ぎじ　ぎじ　ぎじ
そうそう、この感覚。昔の時計はみなこうでした。居間の柱時計にもネジ穴があって、ネジを巻くのは父親の役目。うっかり忘れていると、止まっていましたっけ。

古時計は、私の呼びかけに応えて、律儀に動きはじめました。○○ブランドなどの主張のない可愛さが、いとおしくなりました。

秒針もありません。毎日使い続けたら、きっと遅れたり進んだりの不正確なことでしょう。けれど、二、三時間か、せいぜい半日くらいの外出の伴には、
ぎじ　ぎじ　ぎじ
その都度、ネジを巻いて使えば、ちっとも不都合ではありません。

秒単位の遅れも許さじという現代の風潮にちょっぴり逆らって、着物で出かける折りに、愛用しているのです。

昔、こういう時計を「南京虫」と呼んでいたのを思い出して、辞書を頼ってみました。「南京虫」は、「珍しい物や小さくて可愛らしい物の称」とあり、婦人用時計の例も載っていました。

私がはじめて、自分の腕時計を持ったのは、高校入学の折りでした。中学進学時の万年筆に続く、両親からのお祝いの品でした。薄い皮のベルトの平凡な丸型。安価な品でしたが、時計は貴重品の時代でしたから、私は急に大人になった気分でした。

入学式を待つ間、眺めて眺めて、撫でて、うれしかったこと。

あの時計は、その後どうなってしまったのでしょう。すっかり忘れてしまっていましたが、手元に残っていれば、たくさんの思い出も連れていたでしょうに。
今は百円ショップでも、簡単に求められる時計です。安易な持ち物となって、幸せになったのかしら、などと思いながら、今日も南京虫のネジをつまんで、
ぎじ　ぎじ　ぎじ

煉炭火鉢

師走、年の瀬、寒さが加わってきました。

サラダより温かい食べ物、私はコトコト煮込んだものが好ましくなります。ニンジン、ゴボウ、レンコン、サトイモ、もどしたシイタケ。昔ながらの竹輪や蒟蒻も入れて、筑前煮風にしましょうか。もどした昆布も、小さく切って入れましょう。その昆布を細切りにし、ひたひたの水に醤油、酒、みりんを加えてコトコト。最後に削りたてのおかかをぱっと絡めたら出来上がり、もいい。それから、風呂吹き大根。八丁味噌は父親好みで、関西人の祖母や母は、白いユズ味噌が好きでした。

そんなあれこれを浮かべているとき、思い出すのが煉炭火鉢です。

石炭、木炭などの粉を捏ねて固めた燃料で、直径十センチくらいの筒形。火の通りをよくする穴がいくつもありました。安価で、炭のように継ぎ足しも要りません。朝、火をつけて火鉢にセットしておけば、一日中ぽかぽかよい塩梅でした。

水も井戸水をポンプで汲み上げていましたから、蛇口からお湯の出る暮らしは、ずっと後のことです。

そんな戦後の冬の暖は、火鉢と炭団《たどん》を火種にした炬燵。なかでも煉炭火鉢はコンロ代わりも兼ねて、お茶をいれたり、ときにはコトコトお惣菜を煮る役目も果たしていました。

「ただいま!」

二学期も終わりに近いころ、木枯らしに背中を押されるようにして学校から帰ると、
ぷはーん
と迎えてくれたあれこれの匂い。

豆や昆布、野菜の煮物は、たいてい祖母の受け持ちでした。カレーライスは母の受け持ちで、そのカレーも煉炭の上でコトコト温められていることがあって、

「あ、カレーライス!」

カレーはご馳走でしたから、帰り道でいっしょになった妹と、引き戸を開けるなり歓声を上げたものです。

ほんとうに、あの煉炭火鉢は、火持ちがよくて煮込み上手だったこと。風避けの目張りをするほどで、ストーブもエアコンもなく、寒かったはずですのに、思い出のシーンはみな暖かです。煉炭火鉢の上には湯気が上がり、昆布や豆の匂いも戻ってきそうです。

現在の私は、豆も昆布も大根も、ときに圧力鍋のお世話にもなりますが、あのコトコトの煮込みには、かなわない気がいたします。

そうそう、暮れには、お正月用の黒豆も、そこで、

コト　コト　コト

お鍋を練炭にまかせて、母たちは新年への掃除の仕上げに、忙しくしていました。妹と私は、お年玉の皮算用に忙しかったのです。

時に添う

また新しい年を迎えました。おめでとうございます。

「あと何回のお正月かな」

幼い日、毎年聞かされた祖母のことばです。耳の奥に残っているそのことばが、だんだん実感となってきました。いっしょにお正月を祝った懐かしい顔も浮かびます。両親、祖母、姑、そして妹。もう居ない人たちです。

それにつけても、私はお正月が常に変わらない迎え方をされるようになったのを、残念に思うのです。

食べ物も着る物も豊かになって、ご馳走はお正月だけのものではなくなりました。いつでも手に入れれば、晴れ着を待ちかねることもありません。ジーパンやジャージーでのお正月もあります。

私の子どものころは、お正月は一年最大の晴れがましい行事でした。家中総出の大掃除にはじまって、迎春の準備の喧騒の日々は、年改むための心の準備の日々でもありました。そうしておけば、除夜の鐘とともに古きは、思い切りよく過去に残して、新しい気持ちで頑張ろうと思うことができました。先人の知恵、よき習慣ではなかったでしょうか。昨日に続く何の変わりもない一日にしてしまっては、気持ちを改めるのは、難しいのですもの。

何にでも「初」をつけて、わが家では笑えば「初笑い」、泣けば「初泣き」、妹や弟とけんかをしても「初げんか」といわれて、矛をおさめなければなりませんでした。

三が日は、暮れの奮闘のお陰で、母たち女性も家事は放念です。私たち子どもの仲間入りで、楽しかったこと。

カルタ、福笑い、追い羽根、双六に百人一首。読み手はきまって祖母でした。

三が日が過ぎると、「初掃除」、「初洗濯」と、またいそいそと家事に戻る母たちに、私と妹はついつられて、「初勉強」などと、形ばかりの孝行をしたこともありました。

「初夢は、何やった？」

と祖母に尋ねられても、子どもの日はぐっすり眠って、夢など見なかったのです。

「おばあちゃんは見たの？」

と、うらやましくて問うと、

「見た見た、あんたらみな元気で、仲よう遊んでるええ夢やった」

と、どの年も言っていましたが、老いてみるとさほどよい夢に出合うこともありません。祖母の心づかいであったと、思い到ります。

時の過ぎるのが惜しく、何でもない日常もいとおしくなった昨今です。まして新しい年を迎えれば、時に心が添って、今年も大事に暮らしたいと切に思います。

密かな楽しみ

「会いたくなったらあの場所に立てばいいのね」

私は、とうに亡くなっている母に出会う方法を見つけました。

週一度決まって通う道は、坂を上がって幹線道路へ出ます。信号の先にはマンションがあって、道に面した入り口には、木製のドアを挟んで大きなガラスがはめ込んであります。母は、そのガラスの中にいました。

見覚えのある着物を着て、ちょっと首を傾けていました。首を傾けるのは、母の癖でした。白い髪も母のものです。

「あら、お母さん!」

声をかけそうになったそのとき信号が変わって、左右の人といっしょに、私も歩き出しました。すると、ガラスの中の母も足を運んで、近づいてくるのです。

　そして、一瞬。

　母の姿は魔法が解けたように消えて、ガラスの中には私がいました。

　母親似ではないと、ずっと思っていましたのに、適当な距離を隔てた遠目の私は、老いた日の母とそっくりだったのです。

　その日の私は、小豆色の木肌模様のお召しに、橘の刺繍の黒地の帯。ともに母が昔、身に付けていたものです。

　人肌を何度も温めた絹は、体になじんで着心地がよいのです。単衣を着た折りに首筋に通う風、袷の日の足元の温かさが好ましくて、私は着物を着ることが増えました。

　私の着物は、多くの方の晴れ着としての着物ではないので、母の古着や若い日のあれこれが大活躍をいたします。自分で手入れも仕立て直しもしていた祖母や母には申し訳ないことですが、私はそういうことはできません。なじみの悉皆屋さんのお世話になります。

　おかげで、母の選んでくれたあれこれや、母の古着を仕立て直し、変身させての楽しみが増えました。余り布で、世界にひとつだけのバッグもできました。

「見かけない柄ですね」

「珍しいですね」

などと声をかけてくださる方があると、母を思い出し、心の内で報告いたします。そんな着物の再利用が、ガラスの奥の母に出会う機会を与えてくれたようです。

亡くなるころの母の年齢に近くなって、遠目にはそっくりになったのでしょう。でも、もしわが娘の今の老い姿に出会ったら、母は何と思うでしょう。認めたくないかもしれません。

私だって、本当は認めたくないのですよ。けれど、ちょっぴり思っているのです。会いたくなったら、母の着物を着て、あの場所に立てばよいのだと。小さな小さな密かな楽しみです。

待ちどき

「簡単○○」

「お待たせなし△△」

ほんとうに何でも便利になりました。そうそう、「あっという間」「即」のことばもよく使われます。ご馳走も、身の回りのあれこれも、盆と正月を待ちわびたのは昔のこと。さまざまな機器が家庭にまで行き届いて、情報も物も待つことなく手に入るようになりました。

私は複雑なこと、難しいことが日に日に苦手になっているので、簡単はうれしいことです。それなのに一方で、待つことのなくなるのが残念でもあるのです。

多くの台所からお手間が消えて、匂いも消え、待ち時間の楽しみも消えていきます。子どものころ、おなかをすかせて帰ると、

「もう少し待ってね」

と、母や祖母の声。

トントンと包丁の音、ジュッと鍋肌の音。調味料の匂いや香り。湯気も立

ち上がって、目でも耳でも鼻でも、楽しみを膨らませて待ちわびたものです。袋を開けたり、レンジから取り出す折りの一瞬だけではない、家の隅々まで届いた煮炊きの匂いに包まれるのは、幸せな待ち時間でした。

「もういいかい？」

「まあだだよ」

の楽しみだったのです。

そうそう、ケイタイもメールもない時代の待ち合わせも、楽しみが育つ機会でした。そわそわうろうろ。相手の現れるまでの待ち時間は、不安と背中合わせの期待の時でもありました。

「今、どこ？」

「○○の角」

などと、文明の利器で現在地を確認し、話しながら歩み寄る出会いとは、ちょっと違った何かがあったような気がします。まして、その相手が恋人であったら、その間に焦がれる気持ちが、何倍にも育ちました。

書いては消し、また書いたラブレターもそうでした。相手の今がわからないので、案じたり気遣ったり。たまさかのいさかいも、すぐに投げ返さないお預けの待ち時間に、気持ちは穏やかに優しくなれたのです。

「もうそろそろかしら」

郵便屋さんを待ち受けてドキドキ。ポストに投函した音を思いつつ、

「そろそろ届いたかしら」

と、ハラハラ。

今年のわが庭のボタンは、いくつ花をつけるでしょう。わが家で孵化して育った孫メダカも、夏には親になれるでしょうか。

気軽な思いつきもいいけれど、時刻表と地図を眺めて待つ旅も好き。

ああ、待つことは何て素敵な時間でしょう。

勝手を承知で、私は暮らしから待ち時間、待ちどきが消えていくのが残念なのです。


（二〇〇五年四月〜二〇〇六年三月）

冬支度

制服の記憶

「新入生ですね」

制服の中で体が浮いているような、初々しい姿を見かける季節です。

「すぐに背丈が伸びますから」

親の考えは、昔も今もあまり変わらないのでしょう。それでも、最近はブレザーにネクタイのデザイナーズブランドもある様変わりです。私たちのころの制服は、男子はサージの黒の詰め襟、女子はセーラー服がほとんどでした。

私の遠い日は、田舎の県立高校で、襟に白い三本線の何でもないセーラー服でした。リボンも細い黒の紐。ふわりとスカーフのように結ぶリボン姿が羨ましかったものです。セーラー服の下は、ひだスカートと決まっていましたが、中央がボックス型で順に後ろに寄せていくのと、一方にたたんでいく車ひだがありました。私のはボックス型。折り目をしゃきっと立たせるための寝押しが、一日の最後の日課でした。

いったん敷いた布団を二つに折り上げて、そこへスカートの前を下にして置き、両側へひだを整えます。はね上げておいた後ろも重ねて折り目を正したら、その上にそっと布団を下ろして完了です。朝になって、折り目がずれていたら大変。

「だめよ！　寝押ししてあるのだから」

幼い弟や妹がふざけて布団に跳び込んだり、倒れ込んだりするのを牽制していましたっけ。

もうずいぶん前から、ズボンもスカートも最初から折り目加工があるので、寝押し体験派も少なくなっているのでしょうね。

昼間の元気をそのままに眠った翌朝は、違った折り目、二重線に、泣きたい気持ちの登校をしました。

遥かな遠い日となれば、今はそれも懐かしいこと。それに、あの作業の手加減、気遣いは何かの訓練になっていたかもしれない、などと老い力は勝手です。弟の制服のズボンを、母が自分の布団の下に敷いていた日もありました。

みなみな、新しい制服姿からの連想です。真新しい制服には、今も昔も草々、木々の芽吹いた新緑が似合います。

折り目加工のなかった私のセーラー服は、毎夜の寝押しに耐えた後、ご近所の洋裁の得意なお姉さんの手で、ジャンパースカートに変身いたしました。これもお姉さん手作りの白や小花プリントの木綿のブラウスを組み合わせて、大学への通学に着用していました。

こんどは、のり付けとアイロンかけの日々。

思えば私は、ケニアのワンガリ・マータイさんの上を行く「もったいない」の実践者でした。

うつし絵

思い出の中で遊ぶのは、年を重ねた者の特権かもしれません。なにしろ長い年月の体験がいっぱいあるのですもの。そこには、懐かしいあれこれが詰まっていますから、「今日はこれ」とひょいとつまみ出して、遊び楽しむことができるのです。

「あら、つらいこと、悲しいこと、腹立つこともありましたでしょ」

と言ってくださる方もありますが、時間というフィルターは、そういうものを濾過してくれるようです。

「それでは根性に欠けますよ」

と忠告をいただいたこともありました。

「ほんと、ほんと」

と思うのですが、根性を示すタイミングを逃がして過ぎてしまったようです。

さて、その遊びの思い出、今回は「うつし絵」です。戦後の物不足の小学生のころ、水に溶けやすい糊を台紙に、その上に模様や絵を裏返しにカラー印刷したものがありました。はがきくらいの大きさの中に、少女の姿や花や動物の絵がいくつもあり、気に入ったのを切り抜いて、他に移すのです。ノートやセルロイドの筆箱、下敷きなど。

絵を下にして張り付けたところを湿らせて、指先でぴったり付けます。用心深くそろそろと台紙を剥がし取ると、裏向きだった絵が表を向いて残る仕掛けでした。上手に剥がさないと、残したい絵の端がちぎれて失敗です。

この遊びの極め付きは、手の甲や腕に移し取ることでした。ほどよくぬらして皮膚に張り付け、そっとさすって肌に移ったと思うころあいに台紙を剥がします。力の入れ方、こすり方に微妙なテクニックが要りました。湿り気が足りなかったら、こっそりつばをつけたりして。

「できた！」

「ほら、見て見て！」

きれいに移し取れたときは仲間同士歓声を上げて見せ合い、うれしかったこと。私は花束を抱いた少女の姿や、猫や小鳥の絵を手の甲に移して楽しみました。

「あら、今も若い方は簡単なシールで、タトー効果のおしゃれをしますよ」と教えられました。タトーは入れ墨のことだそうですが、「うつし絵」は、ほんの子どもの遊びでした。

ぬらし過ぎはだめ。乾いていては無論だめ。剥がすタイミングと手加減、みな工夫の楽しみです。猫のしっぽが切れたりは、次の楽しみへの持続時間でした。

そんな「うつし絵」を求めたのは、小学校に近い橋のたもとの文具も駄菓子も商う小さな雑貨屋さんでした。そこには、子どもだけが感じる特別の空気が漂っていました。

風呂敷

博物館で催されていた「世界大風呂敷展」を観ました。布で物を包んだり運んだりするのは、他の国でもあったのですね。

お国柄を示す材質、大きさ、デザイン、用途とみな興味深く、美術品、芸術品ではない暮らしそのものに注がれた目が温かく、心和みました。

西瓜のような丸いものや細長いもの、瓶などを包む体験コーナーもあって、

「ウイークデーは指導者がいませんが、土、日はお子さんからお母さんまでたくさんの参加があります」

とのこと。

うふ、まあうれしい。

パソコンをはじめ、家電製品も機能満載はお手上げで、肩身の狭い私ですが、これなら大丈夫。腕に覚えありです。

「一升瓶でも上手に包みますよ」

と、心の内でつぶやきます。

最近は、スーパーやコンビニはビニール袋。デパート、専門店は名前の入った手付きの紙袋に入れてくれます。そのまま他所さまへの手土産にもされていますが、昔はみな風呂敷に包んでいました。食品、日用品は丈夫な木綿の風呂敷、おつかいものはちりめんなどの他所ゆきでした。画の中の頬被りをした空き巣ねらいの背中に担がれていたのは、なぜか唐草模様の風呂敷です。

お酒も調味料も量り売りがあって、五合だの四合だのと瓶持参のおつかいもしました。風呂敷の中央に瓶を立て、対する角をその頭の上で結わえます。残った角をぴんと張らせて瓶の首の後ろで交差させて、手前で結びます。日常の動作のひとつでした。

また、風呂敷は格好の引き出物で、私が妻となった折りの名披露目も、朱に白い梅模様の風呂敷でした。

今はブランド入りの紙袋が大手を振る日々ながら、古い映画の中で、左手を胸の高さに受けて風呂敷包みを抱えた女性を見つけました。慎ましく懐かしい姿でした。

そういえば私の祖母は、荷物を二つの風呂敷に分けて包み、その結び目をつないで、肩で前後に振り分けて持ちました。弥次さん喜多さんの時代劇のようで恥ずかしかったものです。

「ほんま、便利や。肩に掛けたら軽いし、両手があく。ほら、こうして傘もさせるし、あんたと手もつなげる」

とすまし顔。

当時の祖母は、すでに女性を超えた存在で、手に持つ傘は油を引いた番傘でした。傘と重なるのは、梅雨のころだったのでしょうか。足元は二人とも杉の普段下駄で、私は赤い鼻緒の子ども寸でした。

遠い日のことです。

祖母の呪縛

「なるほど」

「収納は楽ですね」

布団、座布団、セーター等々、ビニールの袋に入れ、
プシューッ！

隅から空気を抜いてぺしゃんこに圧縮する収納グッズの紹介です。

映像は、おせんべい状態になったのを押し入れに積み上げて、

「これで布団〇枚分です」

と、紹介者の満面の笑み。


「掛け布団はいちばん上」

押し入れに布団を片づけるときの、わが家の鉄則でした。

「掛け布団の上に敷き布団を積んだら、ぺしゃんこになる。ふんわり気持ちよう眠るのに手間省いたらあかん」

祖母は、頑固で厳しかったのです。

ベッドの暮らしなど選択肢になかった小学生の日、朝晩の布団の上げ下ろしは日課でした。掛け布団から順に押し入れに納めれば、いちばん上が敷き布団です。夜は上から順に出して敷けば、最後が掛け布団の効率のよさですのに、

「あかん、どんなときも掛け布団が上や」

母の目は逃れても、祖母は見逃してくれません。敷くにも片づけるにも手順が逆になるので、子どもの私は何とか祖母の目を逃れたかったものです。

祖母は、綿が押されて空気が抜け、ふんわり感が損なわれるのを恐れていました。打ち直しをし、洗い張り、仕立て直しも自前の布団作りでしたから、乱暴に扱ってせんべい布団にするのは許せなかったのでしょう。

そんな日々を思い出の中に持っている私には、空気を抜いたぺしゃんこ状態にする発想は、納得がいきません。ベッドに羽毛布団の暮らしは、打ち直しも仕立て直しも不要となりましたのに。

「本当にふんわり戻るのですか」

と疑ってしまいます。

過日も、薄い夏掛けに取り替えて、羽毛の布団を片づけました。ふわふわ

と本当にかさ高いこと。

「例のビニール袋に納めたら……」

耳の奥で、プシューッ！が聞こえそう。

けれど、祖母の呪縛から解かれていない私は、ふわふわはいちばん上。その上には何も置けないのです。

祖母ゆずりの頑固さで、

「もし、もとに戻らなかったら」

と案じて、不自由を受け入れて暮らしています。

ついでにいえば、エアコンのお世話になりながらも、夏は身近に団扇があり、蚊除けも渦巻き線香があると、なんだかほっといたします。

ほおずき

「ねえ、まだ？」

「もう少し」

「急いだらきっと失敗するものね」

お互いに牽制し合いながら、私たちは手もとに全神経を集めて夢中でした。手に持っていたのは、真っ赤に熟したほおずき。その種を上手に抜き取って、口の中で鳴らすのです。

昭和二十年代前半は、焼け跡も残り、幹線道路の舗装も中央部だけの土道がほとんどでした。テレビもありません。土ぼこり、草々をものともせず、外で遊んだ夏休みの日々。

川泳ぎ、縄跳び、缶けり、ふざけっこ。暑い中で、男の子の三角ベースにも加わりました。そんな体を動かして遊んだ後は、手に手にほうずきを持って、木陰や軒下に陣取りました。種抜きです。ほおずきは、思い出の中ではどこにでもありました。

私たちの調達場所は、友達の家の畑の端でした。熟しているのを見極めて、尖った方から外の皮を三、四枚に分けてはがします。中から現れる赤い実は、ミニトマトにそっくり。その実の種を、皮を破らないように抜き取るのです。手加減、手加減。

そっとやさしく撫でたり、押さえたり。柔らかくして皮につながったまま種を抜き取ります。じわじわと口もとから汁が流れ出ても、まだまだ辛抱。もうよかろうと急いだら、袋の口に亀裂が入って失敗です。

真っ赤な丸い実が小さくしぼんで柔らかくなり、最後につるりと種が抜けたら大成功。

「ああ、また、破れた」

「もうちょっとだったのに」

などの悔しい声も飛ぶなかで失敗を繰り返し、全員ができると、

「できた！」

「私も」

と、弾んだ声。肩からすいと力が抜けてうれしかったこと。それをめいめい口の中に頬張って、穴の開いた方を外に向け、ほう、と口の中で種の抜けたあとに空気を吸い入れます。空気で膨らんだ丸いほおずきに、唇を添える気持ちで歯をそっとあて、噛むのではなく押さえるのです。

キウッ！

キウッ！

空気の抜けるときに出る音。ほおずきの音です。

あちらでも、キウッ！

こちらでも、キウッ！

手先も口の中もみな加減で作り出す遊びは、成功のうれしさ楽しさがいっぱい。

実は私、近年お盆のお墓参りの供花から、こっそりほおずきを失敬しているのですが、失敗続きです。不器用になったのでしょうか。おかっぱ頭、お下げ髪の仲間がいなくて、張り合いがないのかもしれません。

ままごと

「ままごと、もうお書きになったかしら」

お仲間からの便りです。

ああ、懐かしい。

遊びました、遊びました。

セルロイドやブリキの茶碗やお皿でした。

日差しの恋しい季節は日向、暑い日は陰を求めて、持ち寄ったござを敷くことからはじまりました。ビニールシートなどありません。あのころは畳の暮らしだったからでしょうか、ござの入手は難しくなかった気がします。

「ままごとに貸してね」

私は納屋の隅にくるくる巻いて立て掛けてあるのを、抱えて出かけていました。かまぼこの板は格好のまな板で、母のクリームの空容器も仲間入りしていました。今のようにプラスチックのあれこれがあれば、みな仲間入りさせるものだらけです。

「いいなあ」

本物の瀬戸焼の小皿や小鉢を持つ仲間が羨ましくて、

「これ、ちょうだい」

と、私も小さなヒビの入った食器を見つけてせがみましたが、

「割れたら怪我します」

と、子どもの心親知らずでした。それでも、暮れの大掃除の折りは気前よく、

「これ、ままごとにお使い」

と、不ぞろいになった品をもらい受けることもあり、うれしくて、うれし

くて、渇望は幸せの源でした。

さて、そのままごと、ござの中央に木の蜜柑箱を伏せ、それぞれの道具を並べたら、

「お買い物」

と誘いあって食材調達です。

オオバコ、ヨモギ、アカマンマ。小さな花や実や種のついた草など、みなままごとの食材で、手近にいっぱいありました。けれど、私は本物指向で、こっそり勝手口から母や祖母に、

「ねえ、野菜の使わないところや皮はない？」

と、声をかけました。

「あかん、食べ物で遊んだら罰があたる」

は祖母。母は、

「しかたない子ね」

と、いつもより厚くむいたニンジンや大根の皮や葉っぱを払い下げてくれました。ヨモギのおひたしのゴマの代用は草の種でした。

蜜柑箱の卓袱台に料理を並べて、煮たつもり、焼いたつもり、そして食べ

たつもりで遊んだ日々。

秋はうっかり夢中になっていると、釣瓶落としの日はすぐ暮れて、大急ぎの帰り仕度となりました。

私の子どもの日は、忙しいなどということはありませんでしたが、退屈ということも知りませんでした。

あのころ、家の中のおとなの仕事は、子どもにはみな魅力的でした。

捨てますか

人生の上り時間は長いのに、下りに向かうと転がるように速く思われます。上りでつけた体力を少しずつ使い切っていかねばならず、暮らしへの力も不足がちになります。

「今日はこのくらいで」

私は怠惰となり、身辺の整理整頓を知らぬふり、忘れたふりで暮らすことが多くなりました。それでも、行き届いたしつらいのグラビアなどに出合うと、「ああ、わが家は」と、後悔と反省はいたします。

昔は前の世代からつながるその家ごとの暮らし方があって、調度も道具もその家らしさ、整理整頓も前を習えばよかったのですが、今は整理の方法、整頓の雛型などが示されます。整理法、整理グッズとにぎやかで、その道の専門家といわれる人が、テレビや雑誌で大活躍です。その方々によると、整理整頓の基本は、どうやら捨てることのようです。あの本、この雑誌、あちらでもこちらでも「捨てよ捨てよ」の大合唱です。私の中では「捨てる」は文字通り単純な廃棄なのですが、「捨てる技」だの「捨てる極意」だの「裏わざ」まであってたいそうなこと。

「物を粗末にするな」

「大事に使え」

と育てられてきた私の中では、「捨てる」とは「粗末にする」と同義で、「大事にする」とは対義語です。グラビアのような、すてきな空間には不向きなものでも、人とのつながり、思い出の品は、簡単には捨てられません。「捨てよ捨てよ」の大合唱は、そういう部分を趣味、好み、センスなどという物差しで裁ち切れとおっしゃっているようです。そうすることがすてきな生き方、気の利いた生き方を示すことになるとか。

義理の親から趣味に合わない品を子どもに与えられての不服、拒絶の声が憚らず紙面に載る時代です。愛情は入る隙間がなくなってたじろぎ、小さくなっているのでしょうか。そういう拒絶と捨てることの賛美が、ずっと先でつながっていなければいいのですけれど。

シンプルイズベストは暮らしの理想です。でも、捨てること礼賛とは思えません。捨てなくても大事に大事にと暮らすことが、結局シンプルになるのではないかしら。「捨てよ捨てよ」の大合唱の前には、捨てなければならない物を追う暮らしがあるのですもの。

物を大事にすれば、暮らしは丁寧になります。

皆がグラビアやモデルハウスのような暮らしにあこがれて、生活感が消えてしまわないかと、自分の怠惰は棚上げにして、実はちょっぴり心配しているのです。

冬支度

寒さが少しずつ忍び寄ってきます。セーター、スカーフ、マフラーに手袋。毛布やコートも手近に出しましょう。

けれど、私のそんな冬支度は、あちらをこちらへの入れ替えと、不足の品は購入しての調達です。あとは木枯らしに見舞われたとき、リモコンでエアコンの暖房のボタンを押すだけです。

「あんたの冬支度はお手軽ですなあ」

祖母の声が聞こえそう。ちょっぴり後ろめたい気持ちになります。

妹と弟がふたりずついた私には、祖母両親を含めて一家八人で暮らしたころがありました。暖は火鉢に頼る物不足のころです。

そのころの冬支度は、夏の暑い日から始まっていました。布団は解いて綿は打ち直しを頼み、布は家で洗い張りです。布団や丹前の布は板張りで、普段の着物地は伸子張《しんしば》りでした。私たちのセーターも、それぞれその年の身丈に合わせて編み直すため、解いて洗って湯気に当て、毛糸玉にしておきます。色褪せたものは粉の染料で染め、色止めには酢を使うのが昔の知恵でした。

ビアーン、ビアーン

一段毎に消えて、ちぢれた毛糸になるセーターを解くのは、面白い作業でした。

「もっとていねいに」

と口添えされながら、妹と競って手伝ったものです。綛《かせ》になった毛糸を巻き取る折りも、両腕を差し出して手伝いました。

冬支度の多くは、そんな素材に戻してあったあれこれを、また形にしていく仕事でした。仕立て直し編み直しが夜なべ仕事となって、針箱やくけ台、編み針編み棒が身近になります。箪笥の上に鎮座したラジオから「えり子とともに」というドラマが聞こえていたのを覚えています。個室を持たない子どもの私たちも、隅の卓袱台で宿題を済ませ、おはじきやお手玉で遊んでいました。

思えば、一針ごと一目ごとに形になっていく作業を見ていたのは、幸せでした。

「これはあんたのや、ちょっと当ててみて」

と背中に編み棒を通したまま添わせる丈合わせの懐かしいこと。

そうそう、あのころの冬支度のあれこれは、手間暇かけることでした。その過程を毎日眺めていたのですから、「大事に」などと言われなくても、粗末にはできません。作り手と受け手の間に通う気持ちがありました。「愛情」などと言葉にしてしまったら、返って軽くなってしまいそう。

ほかに目張りや障子張りもありましたが、冬支度のおとなの姿はかいがいしくも頼もしいものでした。忙しいという気配はふり撒かないで。

焚き火

「さあさあ、あたっていきなさい。ほら風下は煙たいよ。こっちこっち」

垣根の曲がり角ではありませんでしたが、登校途中の道端の焚き火です。吐く息が白い朝でした。始業時間には間があるのに、小学生の私たちは早起き早出でした。誘い合っての道中の遊び、それに校庭で場所とりをしてドッジボールもしなくてはなりません。

「○○ちゃん、学校へ行こう!」

「○○くん、行くよ」

あちらでもこちらでも子どもたちの声がしました。集団登下校などということは、ことばもありませんでしたが、ご近所同士は年齢も越えて誘い合うのが日常でした。ランドセルやかばんを揺らせて、何だかいつも駆けていたような気がします。校庭では、始業までのドッジボールがもう始まっているかもしれません。先生がいっしょのうれしい日もありました。でも、

「あたっておいき」

と誘われる焚き火は、魅力的でした。早起きのお年寄りの落ち葉焚きの下には、たいていお芋が潜んでいましたから、何となくできた登校仲間も目配せをして、焚き火を囲みます。

「今日も元気だね」

と確かめられ、

「あら、○○ちゃんはどうしたの?」

と案じてもらい、

「下級生のめんどうをみるのですよ」

「お手伝いをなさい」

などと諭されます。家の子も他所の子もない、年齢を越えての交流でした。母の手編みのミトン型の手袋が、紐につながれて首から下がっていましたっけ。

今は、落ち葉を燃やす人を迷惑と非難する投書が掲載される時代です。でも、あのころは、街路樹の落ち葉も近くの人がわがものとしてかき集め、掃き集め、焚き火の材となっていました。

そこは、つながりを作るために用意された場ではありません。自然にでき

た人と人とのつながりの場でした。焼き芋のためですもの、私たちはたとえお説教でも、神妙に聞いていました。後に、

「ああ、こういうことか」

と思い当たる日のあるのを、年長者は心得ていたのでしょう。

雨の後は川に近寄るなとか、道は横に並んで歩くなとか、物を食べながら歩いてはいけないとか、家ばかりではなく、焚き火を囲んですりこまれていました。

「さあ、急いでおあがり」

と熱々の焼き芋をぽんと割ってさし出され、ドッジボールも忘れてほお張っていると、

「はいそこまで、もう時間です、学校へ」

と追いたてられて、駆け出してセーフ。黒いおかっぱ頭の灰を、目ざとく見つけた先生は、

「焼き芋はうまかったか」

とお見通しでした。

百人一首

明けましておめでとうございます。

私はこれまでに二度も病室で新年を迎えましたので、無事にお正月を迎えられると、心の底からおめでたいと思います。そして、決まって子どもの日のお正月を思い出します。

大家族で迎えるお正月は、暮れの喧騒の後の穏やかな時間でした。みなが散髪を済ませ、髪も身なりも整えたハレの日です。祖母や母も前掛け、エプロンをはずし、いつもは貝の口の帯もお太鼓に結んでいました。妹と私は、大袈裟にリボンまでつけて、袂の晴れ着です。

手作りのおせちのお重、屠蘇、雑煮。

「おめでとう」

は父の発声で、待ち望んだお年玉をもらうのはこのときでした。

そして、家事放念の元日の午後は、祖母も母も加わっての遊びの時間となりました。年端もいかない弟や妹もいっしょですから、まずは双六、福笑い、犬棒かるたのお正月定番です。笑ったり、ふざけたり、蜜柑を頬ばったり。
楽しみは最後の百人一首でした。最初は坊主めくりで弟たちの機嫌をとっておかねばなりません。

「絵の方をとろうよ」

「何にも解からん」

という手合いでしたから。

「さあ、ここからが百人一首本番や」

と読み手の祖母が取り札を畳に滑らせて撒きます。出番到来と自分の覚えている何枚かを手近に置こうと目を走らせますが、百枚の中ですもの、難しいことでした。

祖母や母は、取れない小さな弟や妹のために、

「あ、それや」

と手の届かないふりで取らせたり、

「そのへんで見たよ」

「○○ちゃんの前とちがうかな」

と気を引いたり。私は容赦なく自分の札を増やして、

「お姉ちゃん覚えているからずるい!」

と、二つ違いの妹から筋の通らない抗議をされていました。

意味も解らず覚えていたので、間違えたままの記憶もありました。

ずっと後年、病室での年越しの折り、その一首一首を口の中で唱えて耐えました。点滴、心電図等何本もの紐につながれて身動き叶わぬ闇の時間、思い出の一首一首は、そのときそばにいた人たちの気配を添わせてくれました。

今は、子どもの相手といえば、テーマパークや外食に連れ出すことと思われがちですが、ただただゆったりいっしょに過ごすのもよいみたい。一瞬時が止まったような気がするお正月は、そんなよい機会のように思います。

雨戸の音

ガラ、ゴロ、ガララ
使いこんだ桟の上を滑る雨戸の音です。
「朝ですよ! 寒いけど起きなはれ」

二月の朝は、ぶふるる。声の主は祖母で、朝夕の雨戸の開《あ》け閉《た》てを引き受けていました。

懐かしい音。

わが家は今、雨戸を使わない暮らしです。ご近所の家からは、雨戸に代わるシャッターの音が聞こえますが、ちょっと違うの。

遮光、防寒、防風、防犯の役目は同じでしょうが、軋みもない一瞬の金属音です。あっ気なくて。

子どもの日の祖母の雨戸くりは、左手で戸袋から引き出し、右手で一枚ずつ送り出しました。戸袋の中は順に前倒し、繰り出された雨戸は、次の戸を組み受けます。最後の一枚の上部の木の止め具をカタンと上げれば、外すことかなわぬ堅牢さでした。開けるときは、この逆になります。

腰窓も掃き出しも順ぐりに、すべてを納めたり引き出したりするには、扱い慣れ、つまりコツが要りました。ある日、私が手伝いましたら、雨戸は途中で動きません。

「力んだり、無理に引いたりしてもあかん」

と、祖母がひょいと手を貸すと、するる。

私はそんなことを通じて、物事には手加減のあることを知り、何かをするには、体力まかせ、力まかせだけではできないと、悟ったような気がします。

朝のガラゴロは、一日の出発の合図でした。眠い目を押して洗顔し、身支度して卓袱台へ。勝手なときにいつでも食することができる、という選択肢を知らない時代でしたから、家族そろって食卓に着くのは当然のことでした。卓上では、みそ汁が湯気を立てていて、

「いただきまあす」

二月、雨戸は日なたの温もりを閉じ込めて早じまい。子どもの私たちは、そんな雨戸の閉じられるころに遊びを切り上げて、家へ急ぎました。何時が門限などという堅い取り決めではありません。日没前のあちこちの雨戸の音が、帰宅のだいたいの目安でした。季節によって早くなったり遅くなったり。

そう、日々の暮らしの端々のことは、決まりに縛られるのではない、だいたいで暮らしていました。暮らし方のマニュアルなどないだいたいは、優しい気持ちに支えられていて、あの雨戸の音は、その象徴のようでした。

「あら、わが家は今も昔ながらの雨戸よ」

は、年来の友人。駆け足の暮らしには息切れを感じるようになった私は、訳もなくうれしくなりました。

おんぶ

まあ、懐かしい。

「おせなの子のお名前は？」

思わず声をかけてしまいそうでした。

お昼どきの地下街は、人通りも多く足速のなか、そこだけゆっくりの流れです。昔の子育てはおんぶが日常でしたが、今では見かけなくなりました。ところが、前を歩く三歳くらいのおかっぱ頭の子は、お人形をおんぶしているのです。顔も手足も布でできた、平たい抱き人形です。フリルのついた帽子を被って、私が子どものころに遊んでいたのとそっくりです。脇の下とお尻にかけられている紐は、胸で交差しているに違いありません。手をつないでいる老女は、その子のおおばあちゃまでしょうか。白い髪を小さな髷にして、着物姿です。

「お人形はお隣のおばあちゃまのですね」

膝丈のワンピースに白いソックスという少女の姿にも、ていねいな暮らしが浮かびます。

私の子どものころは、お母さんごっこ、お店やさんごっこ、ままごとなどなど、いろいろなパターンがありましたが、人形をおんぶするのも遊びのうちでした。

ひととき背負って遊んだ人形は、ござの上に寝かせ、風呂敷などを掛け、添い寝をし、

「ねんねんころりよ、おころりよ」

と、子守歌まで歌って、トントン胸に手を添えて寝かせつけるまねをしました。

誰がはじめて、なぜあれが楽しい遊びであったかは、巡らしてもよくわかりません。けれど、私たちの子どものころは、そんな遊びを通して、おとなになる日のトレーニングを重ねていたような気がします。

家の中のあれこれは、みな手間暇をかけるのが日常でしたから、まねをす

る遊びの種は、いっぱいありました。

私には、十歳も年の離れた妹がいますので、四、五年生のころには、その妹をおんぶして缶けりに加わっていたこともあり、

「いいなあ、私にもおんぶさせて」

と、妹は人気者で、仲間の背中にもおんぶされていました。負うとき、おろすときは、誰かが後ろに回って手を貸します。どこを抱えればよいかもいつの間にか学んで、みな上手な扱いでした。

「赤とんぼ」の歌の中の「負われて見たのはいつの日か」の通り、私には負われた日も負うた日も、どんどん遠くなります。

「あなたがおとなになる日々も、恙《つつが》ない日でありますように」

思わずつぶやいて、少女の後ろを歩きました。


（二〇〇六年四月〜二〇〇七年三月）

老い上手

ことばの添う思い出

動物園の桜が満開の報。

「おばあちゃん！　お花見に動物園に行こ」

「へえっ、動物園で花見ですか。ええかもなあ」

「ねっ！　明日行こ！」

「連れてってくれますんか」

翌日、ふたりで出かけました。昭和三十三、四年のことで、私はまだ学生でした。

着物に草履姿の祖母は、上機嫌でした。

「電車はほんま、好きやわ。遠くに旅してる気分や」

名古屋の駅前は、ミッドランドスクエアの前身のビルが、建って間もないころで、焼け跡も残っている時代です。一般家庭に自家用車などありません。開通間もない地下鉄も、駅から栄までの運行でしたから、動物園へは、広小路を通って市電です。

チン！

と鳴らして路面をゆるゆる走る電車は、窓から復興していく街並み、歩く人の様子がよく見えました。

隣り合わせた人とも、祖母はすぐに話が弾んで、

「これ孫娘です。お花見に連れてってくれますねん」

「あれは何ですか？」

「ほら、あそこ見て」

とはしゃぐ様子が、私にはきまり悪くてなりませんでした。ところが祖母は心得たもので、

「あんた、こんなおばあちゃん連れてて、恥ずかしうはないか」

と、時折り耳もとで囁くのです。

「いいや、そんなことはないよ」

と、答えないわけにはいきません。動物園前は、市電の終点で、門を入るなり桜、桜、桜。淡いピンクの花びらが、レースのように空を透かしていました。

「ほんま、桜がいっぱい、満開や。ええお花見ですなあ、寿命が延びます

わ。極楽、極楽」

極楽は、祖母の上機嫌を示すことばで、

「あんたらよろしいなあ、毎日お花見ですがな」

と、檻の動物たちにも声をかけるのでした。あの日、ベンチに並んで腰かけて食べたお団子は、いくらだったのでしょう。いちばん薄い岩波文庫一冊が四十円の記憶です。

「ほんま、極楽、極楽、おおきにおおきに」

と繰り返していたのは、帰りに寄った、できたばかりの駅の地下街のコーヒーショップ。戦前、神戸暮らしの長かった祖母は、コーヒーとパンが大好物でした。

私の、後も先もない一度だけの祖母孝行の日。

あと何回出合えるかと思いつつ、桜に出合うたび、私もつぶやいてみます。

「極楽、極楽」

ことばの添う思い出は、いいものです。

鯉幟のある風景

若い緑が身体の中を抜けるようです。幹線道路を逸れて車が山里へ入りますと、左右の低い山肌などは、むくむくと緑が盛り上がっています。

目も心も深呼吸をしていました。

景色の中からビルやマンションがなくなって、三軒、四軒とかたまっていても、ぽつりぽつりの一軒家でも、平屋かせいぜいが瓦をのせた二階建てです。生垣や塀、取り巻く畑には丈長《たけた》けた名残の草や花。子どものころの暮らしが残っている、懐かしい景色です。違っているのは、どの家にも自動車用の場所があるのと、子どもの日を前に鯉幟がめったに見られないことです。

山里の新緑の空を泳ぐ鯉幟を、ずっと楽しみにしていましたのに。

「鯉幟が見られなくなりましたね」

お仲間に声をかけると、

「そうですね。少子化ですし、若い人は街の中でしょう」

「ほんと、そうですね」

と、納得はしましたが、もの足りなさ、寂しさは変わりません。

「あの家なら、きっとあのあたり」

と、私は景色の中の家に仮想の鯉幟を立てました。

「甍はありますのに」

と、「屋根より高い鯉幟……」の歌をこっそり。私は諦めの悪いことです。

姑といっしょで、まだ平屋住まいであった庭で揚げた息子たちの鯉幟は、
矢車がカラカラ音を立てていました。

吹流し、真鯉、緋鯉。

「あれがぼく！」

「下のはぼくだ！」

子どもの鯉は二匹あって、一匹は親戚からのお祝いでした。

あのころは、近所に同じ年ごろの子どもが多く、あちこちで鯉が宙を泳いでいました。郊外を走る電車の窓からもよく見えました。

今は敬遠されがちな親類縁者との交流も密でしたから、祝いの鯉が加わってたくさん並んで泳いでいる家もありました。髭の鍾馗《しょうき》さんの幟も立てて。

新緑の中のそんな景色は、子どもの健やかな成長と重なる、爽やかなものでした。

わが家の鯉幟は、実家の父が用意してくれたのですが、上等とはいえず大きさばかりに見栄を張ったようでした。

ある夜、取り入れをさぼりましたら、夜半の雨ですっかり色が流れてしまいました。化学繊維の色落ちしないものもあったのでしょうか。風雨で絡まった吹流しは、殊に無惨でした。けれど、姑は全く無頓着で、

「かまわん、かまわん、大きいのが泳ぐのはいいね」

と、大らかでした。

細かなことへの不平ばかりの世になって、私は一層、鯉幟ファンなのです。

水溜り

六月、雨の季節です。

紫陽花、蝸牛、濡れた木々、草々。雫、滴り。なかでも懐かしいのは水溜りです。

今も、アスファルトの窪みに雨水は溜まりますが、それとは違います。子

どものころの、都会を離れた生活道路は、みな土道でした。雨が降れば水溜りとぬかるみだらけ。

「泥を跳ね上げないで」

毎度の母のことばでしたが、

「歩き方が悪いから、スカートの後ろに泥いっぱい跳ね上げてる」

と、小言もいつものことでした。

雨の日の登下校は、めったに通らない自動車は無論のこと、脇を通り抜ける自転車にも、跳ねをかけられてはならじと、足元を庇いました。おとなは水溜りを除けて走ってくれましたが、中学生のお兄さんたちは、

「きやっ！」

「いやだっ！」

と騒ぐ私たちが面白かったようです。自動車はたいてい徐行をしてくれたのですが、大きな水溜りは容赦ありません。私たちは、肩や頭まで泥水を浴びたものです。雨の上がった翌日の水溜りは、除ける傘もなくて、大変。「きやっ！」と跳び上がっていましたが、身軽でしたこと。

そんな水溜りも、一旦家に帰った後の遊びとなると、様子が違いました。

幼い子は、泥水をすくったり、捏ねたりと、よごれることはおかまいなし。低学年の私たちも、ピチャピチャ長ぐつを水溜りで遊ばせ、遠くへ跳ね飛ばすのを競いあったり、丈高い草に天ぷらの衣のように泥をつけて振り回したり。かけた、かかったと追いかけたり、追われたりの泥んこ遊びでした。

着ているものは無論のこと、顔や頭にも泥をつけ、長ぐつの中まで汚して帰ると、母はすっかり諦め顔でした。あのころの親は、わが子が元気なら、まずはよしと思っていたようです。

水溜りには、近くの川から、おたまじゃくしを持ち込んだり、どじょうを入れたりもしていましたが、誰が捕ってきたのか、思い出せません。とにかく、水溜りは格好の遊び場でした。

下駄ばきの下校時、急に降り出した雨には、濡らすのが惜しくて、裸足で下駄を抱えて走りました。折りたたみ傘など便利なものもなく、激しい降り出しには、長ぐつを添えた迎え傘で、北原白秋の「ピッチピッチ　チャップチャップ　ランランラン」でした。

ピッチピッチは雨だれ、チャップチャップは長ぐつでの水溜り、ランランランは気持ちでしょうか。

も私。

ゆるゆると

「お願い、出てきてくださいな」

門扉の鍵が見つかりません。朝、ごみ出しをしたのも、夫を送り出したのも私。

「きちんと鍵はかけましたよね」

何度反復したでしょう。でも、見つかりません。

「いいの、いいの。お出かけ用のキーホルダーには、玄関、息子の家の鍵といっしょに、門扉のスペアもありますから」

くり返し自分に言い聞かせますが、喉の奥に小骨が残っているような、落ち着きの悪さです。鍵は、翌朝置くはずのない場所で、メダカの餌と並んでいました。

探し物や忘れることが多くなり、小さなことも漏らさじと、余白の多いカレンダーに、何でもメモをしています。でも、メモの途中で、宅配のお兄さ

んのピーンポーンなどあると、

「はあい！　ご苦労さま。いいお天気ですね」

と、愛想を言っているうちに、続きを忘れてしまうことも多いのです。冷蔵庫の前面には、あれこれのチケットや用向きのハガキなど、マグネットで満艦飾です。

「こまめに整理整頓しなくなったからですよ」

と囁く分身がいて、

「そう、そう」

と、励むことにしました。

「掃除、整理整頓は、上から下、奥から手前に」

と、何度教えられたことか。そう、私たち世代は、前代から何でもない家事の手順を、くり返し教えられていた、幸せな世代だったのです。

「覚えていますよ」

と、放りぱなしの奥の部屋、奥の押入れから開始です。

「まあまあ、よくこんなに入っていましたこと」

あれもこれも引っ張り出して、目標は、思い切りのよい始末と整頓。とこ

ろが、

「もったいない、もったいない」

も身にしみてしまっています。あまつさえ、思い出に繋がるものばかりで、捨てるものは、少々でした。

「仕方ありませんね」

と、元に戻そうとしたら、さあ大変。同じスペースに収まり切れないのです。整理整頓は苦手なことではない、と思っていたのは誤算でした。きっと、これまでは、体力がカバーしていたのでしょう。

「片づけてしまったら、わからなくなるから」

と、何でも手元に並べていたのは姑。

「ごめんなさいね」

と、力まかせにどんどん片づけていたのは、私でした。

体力との折り合いをつけて、この先はゆるゆる参りましょう。生まれたばかりのメダカと遊んだりして。

「ねえあなた、私このごろお姑さんに似てきたみたい」は、夫への殺し文句です。

西瓜

「まあ、大きな西瓜、好みですよ」

夫の従兄から自作の西瓜が届きました。お尻に土が残っています。子どものころ、小さいのは「うらなり」などといわれて好まれなかったので、今も大玉好みです。

「品種改良で、小さくても美味しいですよ」

と、少人数を知って勧められても、大玉が好き。

でも、これはふたりでは食べ切れません。わが家の冷蔵庫へ収めるのも無理です。

「半分お持ちなさいな」

来宅の姪に進呈を決め、包丁を入れました。

パシッ！

裂け目が走って、見事な果肉です。半円の西瓜にラップを掛けながら、

「切り分け野菜は求めない主義ですけど、これは違いますよね」

と、言い訳を添えます。

西瓜の思い出が戻ってきました。

幼い妹や弟は行水を済ませ、首筋に天花粉を白く残して、縁先で足を揺らして待っていました。

井戸水で冷やした西瓜は、冷蔵庫のようにキーンとした冷たさではありません。

一皿ごとにスプーンを添えたり、氷にのせたりの食べ方ではなく、櫛形の大振りに切り分けたのを、木の大きなお盆で運びます。半月形のそれを両手で持ち上げて、ガブとかぶりついて食べました。別に添えられた小皿の塩を、めいめい指先でつまんで振りかけると、甘味が増すのが、不思議であり、うれしかったこと。

ふたりの妹ふたりの弟、両親に祖母。

ペッ、ペッ！

弟たちは、口の中で種を選り分けて、庭に飛ばします。どこまで飛ぶかを競っていると、

「女の子はおやめ！　はしたない」

と、制されましたが、私たちもこっそり飛ばしていました。

そうそう、二つ違いの妹とは、お肌がきれいになると教えられ、食べた後の西瓜の皮で、顔をこすっていました。甘い香りが漂って、つるつるの肌になった気がしていましたが、効果はあったのでしょうか。

「あなたはどうだった？」

と話しかけたい妹は、暑い夏に逝って、五年が過ぎます。

祖母は、西瓜の皮と身の間の白いところを糠床に潜らせ、漬物にしました。

「美味しいよ」

「そうか、子どもの口にも合ったかなあ」

まだ耳の底に残っている会話です。今の西瓜は皮が薄くて、私の糠床には入りません。

思い出は、だんだんほろ苦く、寂しさを併せ持つようになりました。

特別な季節

暦の上ではもっと早いのですが、やはり夏が逝く、夏が逝ったと実感するのは、九月です。

昼どきは暑さをかこっていても、陽が落ちると、虫の音が賑やかです。それも間もなく細くなって、やがて聞かれなくなるでしょう。

秋は風からと申しますが、信号待ちの街中でも、首筋をかすめる風が秋を告げます。

「秋やねえ」

祖母のことばが浮かびます。来る年も来る年も、祖母のそんなことばを何度聞いたことでしょう。そして、聞くことができなくなって、何度の秋を迎えたでしょう。

晩年の祖母は、「秋やねえ」の後に続くことばがありました。

「あんたは感じへんのやろうなあ、若いから」

と添えて、

「ほかの季節が過ぎるのは何ともあらへん。冬が過ぎて春を迎えるのは、心弾んでうれしい。年とっても、何かが始まるような気がするねんよ」

「……」

「春が逝くんも、さあ元気な夏やと思う。暑い暑いと文句いうのとは別や」

「ふうん」

「秋が過ぎるときかて、さあ来い。冬は我慢のときや、その先に春がある、と思う」

「ふん、ふん」

「それがな、夏の逝くのだけは特別や、違うんよね」

「どう違うの？」

「寂しい。何やしらんが寂しいねん。短こうなる日、枯れていく草や花。虫食いになって落ちてる葉。虫が泣くのかて、そのうち鳴かんようになると思って寂しい。見事な紅葉見ても、今にみな枯れ木になると思うと寂しいねん」

耳の底に、しっかと残っています。

そのころの私は、

「秋の日のヴィオロンのため息の……」

などと、ヴェルレーヌの詩を口ずさみ、そういう自分を眺めている自分もあって、秋こそ情趣味わう季節と好んでいました。春の浮かれ、夏の喧騒は子どもの世界で、秋をしみじみ味わえるのはおとなであると、丈足りぬ身をおとなと思っていたのです。

月日がたくさん過ぎました。

そして今、私は、トンボの群れ、足元を舞う枯れ葉、枯れ草の匂い、みな寂しさを伴います。まして、道端のセミの果てた姿や、枝に残るセミの脱け殻に出合うと、寂しさは極まります。

「あと何回巡ってくるか知れない、残り少ない夏のひとつが逝く」

といった祖母。

「おばあちゃん、今は私も寂しいよ」

道草名人

「あ！　暗くなってしまった」

の声。一斉に片隅に置いたままのカバンへと走りました。

もう少し、もう少しと楽しんでいるうちに、西空は茜色がすいと消えて、淡い紫が見ている間に濃くなっていきます。

「さようなら」

「またあした」

の声をかけて、忙しく散り散りに家路を急ぎました。

「秋の日は釣瓶落とし、すぐ暮れるから早くお帰り」

の祖母や母の声を、いつもいつも忘れて遊んだ日々でした。

子ども時代の私は、ほんとうに道草の常習でした。

道草仲間はたくさんいて、春は摘み草、おたまじゃくしやメダカの観察。暑くなれば、小さな流れに足を入れて、草の舟を浮かべたり、ざりがにを追いかけたり。

冬は、朝からの道草で、なかでも建築中の家を見ているのが好きでした。仕事前の大工さんの焚き火の仲間になっていたこともあります。

見事にすいっすいっと削られる鉋屑《かんな》、ぱらぱらとこぼれる大鋸屑《おが》。鉋屑をもらい受けて、風に靡《なび》かせたりもしましたっけ。

石けり、缶けり、かくれんぼは、通年の楽しみでした。

けれど、思い出の中でいちばん色濃いのは、何といっても秋の日の道草です。田舎の小学校は、小さな流れ、田んぼ道もほしいまま。草を口にピーと鳴らしたり、いなごを追っていると、小さな流れに垂れた萩に、お羽黒トンボが止まっていました。

運動会の練習で帰りの遅くなる日々は、格別遊びに夢中になりました。教室での「さようなら」も常より遅いのに、校庭の隅にカバンを集めて、陣地とり、石けり、ケンケンパアにハンカチ落とし。

どうしてあんなに夢中になれたのでしょう。

運動会の練習で、体中のエンジンが全開になっていたのでしょうか。仲間の気持ちがひとつに集まっていたのでしょうか。

思い出のシーンを浮かべて、今さらながらに考えています。

あの日々の元気は、今はもう思い出の中だけのものです。ほんとうに、まぶしいほどの情景です。

家は、学校から西の方角にありましたから、道草帰りは、夕焼けを追いかけ、迫る夜を逃れて、駆け足の忙しさでした。

あの日、急いでカバンをかかえて、

「さようなら！」

と交わした仲間は、お元気かしら。

発信機をランドセルに忍ばせる時代であったら、私たち道草名人はどうしていたかと、思い巡らしています。

針遊び

うふ、ふ
「母には、こんな針目はなかったわね」

お祭りでいただいた日本手拭いで、布巾を作っています。角のある渦巻き模様の刺し子。母は、たいてい麻の葉模様でした。

夜が長くなって、手遊びが恋しくなります。

秋の夜長の楽しみにと買い置いた本も、時にはお休みして、ちょこちょこっと手先を動かしてみたくなるのです。

物不足の子どものころ、寒さを迎える夜、母や祖母は針仕事をしていました。使い捨てなどの言葉もありません。くつ下だって繕って履きました。フィラメントの切れた電球を中に入れて、丸みに沿って当て布をかがるのは、どなたの知恵、発案だったのでしょう。面白そうでした。

弟たちのズボンの脛《すね》もよく抜けて、破れたままにすること許さじと、アップリケのように継ぎ当てをしていました。

穴あきジーンズで闊歩の現代の若者に出会ったら、亡き母は何と言うでしょう。

祖母の担当は、着物や布団の仕立て直しと毛糸の編み直し。

夜なべ仕事という言葉もあって、タンスの上に鎮座する真空管のラジオが、よき仲間でした。

母は「君の名は」や「えり子とともに」がお気に入りで、祖母は広沢虎造の浪曲大好きであったと、懐かしく思い出します。

針仕事は、近くで見ていると楽しそう。

「わたしにも何か」

「わたしもね」

と、妹とふたり、まずは縫い止まりの玉作りから稽古しました。右手親指と人差し指を少し湿らせ、針を通した糸のしまいをくるりと回しながら糸に添わせてしごきます。糸先に小さな玉ができたら成功。指先は感触を覚えて、すぐにできるようになりました。

祖母は、仕事の手を休めて、指南役でした。

小切れで、お手玉作り、小さな巾着作り、キューピー人形の着物や布団作りなど、手をとって教えてくれました。

糸目が不ぞろいでも、縫い代がごつくても、

「ようできた、上手上手」

と褒められて、うれしかったこと。

今も着物の残り布で、貝殻を包んだり、お手玉を作ったりいたします。

亡くなる前の妹の見舞いのいちばん人気は、そんなお手玉でした。もう、枕もとに並べて眺めるだけでしたが。

そして、今夜は晩年の母がよくしていた刺し子。

市販の良質の布巾がいっぱいあるのに、一針一針刺しています。

小さく、イヴ・モンタンのシャンソンを聴きながら。

日記帳

「どれにしましょうか」

新年からの日記帳選びは、目移りいたしました。けれど、旅先で気に入った絵ハガキに出合っても、縦書きができないと諦めてしまう縦書き派の選択肢は、多くありません。

世界を相手に発信する日々となって、横書き優先は当然と納得も理解もしていながら、気持ちを伝えるには、やっぱり縦書きが好き。

頑固ですねえ。

途中、諸事情で途切れた時期もありましたが、日記歴は中学生のころからです。それらは、家庭に入る前、古い手紙などと灰にしてしまって、残ってはいません。古い手紙や日記を庭で灰にして新生活を迎えるのは、そのころ読んだ小説の真似でした。懐かしいこと。

再開は、婦人雑誌の付録の家計簿の余白へのメモから。育児の記録でぽつぽつ。書き忘れた日は「書けなかったという記録が残っている」という、わが身への寛大さでした。

それでも、育児も介護も卒業すると、案外几帳面に続いて、年ごとにたまる日記帳に悩むようになりました。

その結果が連記の日記。

三年、五年、十年の連記のあるなかで、最初に選んだのは三年用。

そのころ、入退院も多かったので、遠慮がちでしたが、ケチな性分は、残したくなかったのかもしれません。

うふ、ふ。

そんな連記の日記帳の二冊目も無事に終わりそうです。

日記などと大袈裟ですが、ほんの小さな覚書。でも、最後に「一日でいちばんうれしかったこと」と巡らして書くようにしています。

「ぼたんの花が見事に咲いた」

「歯医者さん終わり」

「タクアンを漬けた」

などなど、恥ずかしいほどささやかですが、うれしいことを拾い出すのは、不快なことを捨て去ることでした。

連記は、それらとも巡りあって、参考にもなります。けれど、妹を亡くした年は、見舞った折りの様子が日々綴られており、亡くした日の前後の空白にも出合って、悲しみをくり返すことになりました。どんなことにも、よきことと不都合なことは、表と裏のようになってあるものです。

そんなこんなを承知した上、新しい連記の日記帳を選びました。平均寿命がどんどん延びることも悩ましいことで、思わず十年連記を手に取って、「大丈夫かも」と。

でもやっぱり欲張らないで、三年連記にいたしました。新しい年の老いの発見には、どんなことがあるでしょう。楽しみです。

老い上手

あけましておめでとうございます。この稿を担当させていただいて、五度目の新年を迎えました。体力は風船の凋むに似て、小さな故障も増えましたが、まずは無事に越年できたことに感謝しています。

若い日は、新年を迎えるたびに「今年の抱負」と気負っていましたが、いつの間にかそんな気負いは失せ、

「健康であればよい」

「無事であればよい」

と、抱負は望みや願いに変わっています。自分へのハードルを、どんどん下げているようです。

「あのころの私は何処へ」

と探しても見つかりません。代わりに、人は自力から他力に移るのだと発見しました。

抱負は、心の中に抱き持つ計画や決意ですから自力が要りますが、今の私は、

「できたらいいなあ」

「行けたらいいなあ」

などなどと、かなりの他力本願です。できなくてもともとの気持ちが、こっそり潜んでいます。

祖母のことばが、後押ししているのかもしれません。

「老い上手、老い上手」と。

「若い日のように叶わないことを数えて不平に思わず、たまに叶ったことを喜ぶのが老い上手。老い上手は、自分の周りも穏やかにしますよ」

と、くり返していました。

明治の半ば生まれの祖母が、時代の大波に幾度も揺られた末の実感だったのでしょう。見事に穏やかさを具現して、家族の平穏に尽くしてくれました。

そういう祖母と密着して暮らした日々があるので、私は昨今のアンチエイジングなどという波がちょっと苦手です。

「年など忘れて若々しく」

と仰られてもねえ。

誰も老いの分別を身に添わせなくなったら、どうしましょう。

老いは老いの器の中で輝くことをめざしてもよいのではないかしら。

できれば、老いのよきことも示して、若い人が老いることを怖れないようにしたい、などとも思うのです。

老いたからこそ解ったことや、味わえることがたくさんあるのですもの。

うっかり若い人たちの真似をしていて、そういう楽しみを手放してしまっていては惜しいこと。

新年は、

「あら、まだこんなこともできたわ」

と喜び、

「こんなことも理解できるようになっているわ」

と、老い力発見で暮らしていこうと思っています。

老い上手、老い上手。

せっかく教えてもらったことばですもの。

日なたぼっこ

暦が春になって、光も明るくなり日も長くなりました。けれど風はまだまだ冷たく、寒い日々です。

そんな日の、お年よりの縁側での日なたぼっこの図は、遠い日の憧れでした。

南向きの部屋の障子の外は、雨戸を開けると、陽射しをいっぱい受けた縁側です。ガラス戸の外の濡れ縁は、暑い日の涼をとる場所でしたが、二月の寒さと陽射しは、縁側を幸せな場所にしていました。日なたぼっこの特等席です。

縫い物、編み物を手に、祖母はそこに小さな手製の座布団を敷いて、ちょこんと座っていました。少なくなった白い髪をくるくると頭の上に巻きとめ、着物の上に真綿の入った袢纏を着ていました。袢纏も無論手作りです。真綿は四方を引き伸ばして布に添わせるのですが、私も手伝って広げました。ちぎれないよう、そろそろと手心を添えて。

あの真綿の暖かい手触りと軽さと光沢。シクラメンの真綿色に、私はしっかり重ねて浮かべます。祖母は、背中に陽を受けて、表情を緩め皺まで穏やかに見えました。

そして、時折り、うとうと。

編み針が動いて、毛糸玉が転がっている間は戯《そば》えていた猫も、動かない糸玉に飽きて、仲よく並んで背を丸めていました。

それは、「世はこともなし」を象徴するような図でした。

「今、ええ夢見てたけど、何やったやろ、覚えてないなあ」

と、目覚めた祖母は、再び編み針を動かしながら、

「年をとると、ひと月も一年もあっという間やのに、一日は長う感じるなあ」

と、不思議なことを言いました。

今、私はそれを実感できるようになりました。ぽっかりと空いた予定のない一日、あまりテレビを観る習慣がないので、「一日は長いのね」と、思うことがあるのです。自分の動作がゆっくりになって、忙しそうな空気が遠のくのかもしれません。まして、テレビなどなかった祖母の縁側の日なたぼっこの時間は、ゆるやかだったことでしょう。忙しい忙しいと動いていると、心はもっと忙しく、慌ただしくなるようです。

縁側での猫との日なたぼっこ。いつか私もあの幸せの図の主人公にと、憧れていました。

けれど、暮らし方が変わって、サッシにレースのカーテン、ソファの暮らしで、陽射しより、エアコン頼り。何かが違うのです。明治女の芯の強さを、あの縁側のゆるやかな時間が、真綿の柔らかさでくるんでいたのかもしれません。

小さな手伝い

「動かんように、ちゃんと押さえててな」

と頼まれて、濡れ布巾の上の擂鉢を両手で押さえていました。底の白いふわふわねばねばは、とろろ汁にする山芋や自然薯です。

「助手がいて助かるなあ」

と、こりこり、ぐりぐり。

擂りこぎを握っていたのは祖母でした。左手で中ほどをゆるく握り、右手は擂りこぎの頭にかぶせるように持ちます。右手が小さく円を描いて動くと、先がきざみ目のある鉢の底近くをくるくる巡ります。白いねばねばは摺られて少し膨らみ、きめ細かくなるのがわかりました。

「おいしゅうなれ、おいしゅうなれ」

と祖母。

「とろろはことばがわからないでしょ」

と、幼かった私。

「わかります。花でも褒めたらきれいに咲きますねん」

とすました顔。かつおのだしの匂いが漂っていました。

「あんたが削ってくれたからええ匂い。ええだしや」

と添えるのも毎度でした。ほんとうに、箱型の削り器で節のかつおを削るのは、いつも私でした。大工さんの鉋《かんな》仕事を眺めるのが大好きだった私は、削り器の刀が鉋と同じであるのが、気に入っていました。

節を引いて削る人もあるそうですが、押して削るのがわが家流。

「おばあちゃん、粉になってしまうの」

と訴えると、節を濡れ布巾で少しくるんだ後、火にかざして暖めました。

「これでええやろ」

と受け取ったかつお節は、生まれ変わったようにすいすい削れて、箱の底に溜まりました。

だしの味を整えて、そろそろ擂鉢のとろろに加えます。

ぐりぐり、ごりごり。

「もうちょっとや」

などと私が流し込むだし汁をとろろの中にとりこんで、ときどき擂りこぎを持ち上げて加減をみて仕上げました。

卓袱台に家族が揃うと、

「かつおを削ってくれた」

「だしの注ぎ方が上手になった」

「鉢の押さえ方も心得た」

などなど、小さな手伝いを褒めながら報告されて、こそばゆいようなうれしい気持ちになりました。

とろろ好きはそのとき以来で、作り方、手順、今もみな同じです。

だしのとり方、かつお節を削るこつ、擂りこぎの扱い、どれも楽しく会話しながら遊びのようにして覚えたことばかり。

「あなたの当番はお風呂洗いよ」

などと、役割として与えられなかった楽しいお手伝いでした。


（二〇〇七年四月〜二〇〇八年三月）

リュック嫌い

探しもの

「これでほとんどの用を足しています」

携帯電話をかざされました。電話とメールは当然で、メモ、天気予報、時刻表、催し物などの情報収集、写真、チケットの購入、辞書機能まで、いつでもどこでも可能だそうです。

「子どもは成長が速いので、衣類その他、何でもネットオークションです。不用品は置きません」

と、テレビ画面の若いお母さま。

「はあ……」

そのテレビのリモコンも、オンとオフのほかはチャンネルを変えるだけです。たくさん並ぶボタンは、怖くて押せません。

そんなわけで、日々増える新しい機器への対応は、

「お若い方にお任せします。代わりに草恋い花恋いで暮らします」

と、あっさり諦めてしまいました。ゆるやかな時間を楽しめるのが老いの

特権と、カシャカシャ、トントンの忙しい方々を横目に、松の葉の先に溜まった雨粒まで見とれて楽しんできました。

ところが、最近そんな暮らしを襲う伏兵が現れました。その名は探しもの。探しものの時間がどんどん増えて、暮らしの足を引っ張るようになったのです。

「よく忘れること」

と自覚があるのでメモ魔です。手帖、日記にカレンダーまで。

それなのに、そのメモにも隙ができ、確認をと思っても資料が見つかりません。

「これは大切なもの」

と扱った記憶だけが鮮明で、

「ここだったかしら、あそこだったかしら」

と、ようやく整理整頓できたところをひっくり返す情けなさ。失くしてもよいと気にかけなかったものは、身辺に残っていますのに。

おまけに、ゆるゆると楽しんで来たはずが、妙に頑固になっていて、若い日のように、

「そのうち見つかるでしょう」

と思う大らかさが失せています。とりわけ、必ずここと思い込んでいるところに見つからないときは、さあ大変。

見つからないことに焦《じ》れ、見つけられない自分に腹を立てて、

「見つかるまで許さじ」

のしつこさで、ほんと疲れます。外出どきも、鍵を忘れていないか、エアコンは切ったかと舞い戻ることもしばしばです。

園児から社会人まで初々しい姿を見かけて眩しい四月は、ことのほか自分の情けなさが身に沁みます。

枯れ木となっても、その姿を保つのは大変。祖母ゆずりの呪文「老い上手」を唱えて、花待ち、花受け、花送りの日々も、探しものを繰り返しています。

ひとつの卒業

カシャ!がカメラのシャッター音だと思っていましたが、音はなく光るの

もあるようです。多くの人が簡単に構えているケイタイは、シュワーッ！　いつでもどこでも誰でもカメラマン、カメラウーマンの時代となりました。今のカメラは腕を伸ばして、部分を切り取るのですね。

「そんなに何でも次々写してどうなさるのかしら」

は、文字通りの老婆心で、

「一枚毎に確認できるので無駄がありません」

「失敗作は消します」

と、カシャッ！　ピカッ！　シュワーッ！

「はあ、便利ですねえ」

と感心しながら、実はちょっぴり心配しています。

子どものころ、カメラは貴重品でした。ようやく家庭に行き渡るようになっても、家族のハレの日や記念行事の記録、旅のお伴などでした。十六枚撮りのフィルムを大事に使って、出来上がりを待つ間の楽しみだったこと。ピンボケあり、二重撮りありは序の口で、全部写っていなかった、などということもありました。その代わり、アルバムに収めた少ない写真の記憶は確かで、古いアルバムのどこを探せばどんな姿の亡き親や妹に出会えるかが判っています。

現在の失敗のない写真は、日々どんどん溜まって、何年何十年後に「あれを」と振り返るのは難しいのではないかしら。失敗作の中に残った思い出もあります。

もう一つの心掛りは、いつも切り取った部分で眺めてしまわないか、ということです。

自分の目で眺めれば、百八十度を超える広い光景を見ることができますのに、いつもいつも切り取った部分ばかりをご覧ではないかしら。

「全体はもっと素敵よ」

と、心の内でつぶやきます。

運動会などの行事でも、ひたすらわが子だけをカメラで追い続けている人が増えました。せっかく大勢の中での様子が解る機会ですのにと、気を揉みます。

そんなあれこれを思ううちに、このごろはちょっとした旅には、カメラ放念で出掛けるようになりました。

「行ってきました」

の証拠は残りませんが。

「あの山を入れて」

「あの記念碑を入れて」

は撮り手の負担。そんな背景の中に立つ写真を卒業して、丸々わが目の奥に仕舞いこむことにいたしました。

無論、苦もなく撮ってくださるのはうれしいことです。

勝手ですねえ。

聞こえてきますよ。

「被写体としての賞味期限切れの方のお考えね」

の声。

でも、ゆるやかな時間を味わえるようになりました。

メダカと暮らして

「傘をさしてあげますよ」

思いのほかの大雨や長雨に傘をさしかけるのは、庭の隅の古火鉢や甕です。

そこを住まいにしているのはメダカたち。

「原種のメダカですよ」

ビニール袋の水に入ってわが家へ来たのは、五年前でした。

懐かしい墨色のメダカたち。

子どものころは、近くの流れにいつも泳いでいる遊び仲間でした。長く伏せられていた陶器の古火鉢が住まいになりました。

「おはよう」

と覗き、

「ごはんですよ」

と餌を与え、郵便物を取り込むついで、新聞を取り入れるついでに眺めます。ついでがなくてももう一度。

幼い日、家の前に小さな流れがあって、そこに足を入れ、スカートの両端をつまんでメダカをすくいました。もう居ない妹との思い出です。

下駄履きは、脱ぐのも濡らした足をそのままにするにも便利でした。メダカをすくった木綿のスカートも、遊んでいる間に乾いて、親も子も知らん顔ですんだのどかな時代。

今わが家のメダカは毎年家族を増やし、傘立てにと用意していた信楽の甕も占拠し、分家の鉢も増やしています。

冬の間は餌も食べず、底に潜んで耐えますが、暖かくなるのを待って姿を見せます。

「藻の根っこに卵を見つけたら、親から離さないと餌にされますよ」

と教えられ、ホテイアオイの根を覗きますが、確かめられません。ならばと学習の末、二十度を超える日が続くと、小さな鉢に日向水を作り、ホテイアオイを移して子メダカ誕生を待ちます。三日か四日の後、

「わあ、いるいる」

わき出たような子メダカたちは、五ミリほどの絹糸より細い体に、点と見えるふたつの目。

「みて、みて、ほら」

「どこどこ」

誰彼なく見せてしまいます。

「親はこちら、五センチはあるでしょ」

と。里親探しも楽しい悩みです。

寒い季節は鉢も甕も日向に移して、梱包用の緩衝材で包みます。夏は庭の木陰の一等席。いつも日向水を用意して日照り続きには足し、大雨長雨には溢れぬように傘をさすまるで親ばか。

銀色に光って見えるのは銀二郎と名付けています。

でも、わが庭のメダカたち、火鉢や甕の小さな世界で幸せなのでしょうか。私を幸せにしてくれてはいますが、遠い日、流れで群れて泳いでいた姿を重ねてしまいます。

夏迎え

「今日から冷房でお願いしますね」

ポン

リモコンのボタンを押します。

ついこの間まで暖めるために働いていたエアコンは、指先ひとつで冷房運転を始めました。

「お利口だこと」

乗り物も外出先も冷暖房完備が日常となっていますが、運転を切り換えるたび、

「何だか悪いわね」

と、亡き母や祖母に詫びます。

エアコン、クーラーは無論なく、一家に一台の扇風機が何よりの子どもの日、夏迎えは畳の上に藺草の敷物を敷きつめ、端を脚長の鋲でとめました。葭戸《よしど》に取り替えるほどの暮らしでなくても、場所によっては障子や襖を取り払って、簾や暖簾を下げました。軒先には風鈴。近くのお邸には釣忍《つりしのぶ》が似合っていました。

座布団も藺草や麻の縮みに替わります。私は麻座布団を二つ折りにして枕にし、

「女の子が行儀の悪い」

と叱られていました。

それまでにも十分暑い日が続いていましたのに、そういう夏迎えのあれこ

れは、梅雨明けの近い晴れた日に、一斉にしました。

汗を拭き拭き学校から帰ると、

「ふおっ！　夏だ！」

家中すっかり夏模様になっていて、風の通り道にある簾や暖簾が揺れていて、目にも涼やかでした。そんな夏迎えのあれこれを、ちびちびと小出しにしないのが、わが家流でした。一気に変化をさせて気づかせようという演出だったのでしょう。団扇と蚊取り線香だけは例外の早い出番でしたが、本当は夏迎えの同じ日にしたかったのではなかったかしら。

私の夏迎えは、窓や掃き出しの外側に日除けの簾を垂らし、夏座布団に替えることとくらいです。それも、体力体調と相談しながらのぼちぼちの済《な》し崩しです。

一気の夏迎えは、気力も体力も要ることと気づきましたが、思い出の中で鮮やかです。

ああ、私が母たちよりまめにすることがあるのかしら。

そうそう、これ。

季節毎に食器を取り替えて使っています。材も絵柄も季節限定が好き。

ぽってりした厚手の焼きものは奥に、今はガラスの皿や小鉢の出番。露草模様も気に入りです。

なかでもいちばんまめなのは、箸置き。鶴、椿、梅、桜、菖蒲と移って、今は白地に枇杷の陶器。桔梗、紅葉は出番待ちです。

「お手間要らず、体力要らずのお手軽ですね」

の声。ごもっとも、よく承知しております。

リュック嫌い

運動不足を感じながら、暑さを託《かこ》って外出を控えて暮らしています。先の計画はおぼつかないので、思い出の中で遊ぶことが多くなりました。

「お姉ちゃん、リュックは嫌いでしょ」

三つ違いの妹がつぶやきました。

七年ほど前の夏、地下鉄のホームから階段を一緒に上っているときでした。リュックが流行していて、前を行く人の背にリュックがありました。

「ねえお姉ちゃん、リュックはあの日につながるものね」

妹はこだわりました。

あの日とは、昭和二十一年の夏、満州から引き揚げてくる道中のことでした。妹と私の手首は離れないように、紐で結ばれていました。難民となっての長い行列。おとなの背のリュックが、全財産でした。

列を外れないように、置き去りにされないように、子ども心にも必死で、ただただ前の人のリュックを見つめて歩きました。歩いて、無蓋車に乗って、また歩いて。

夏であったから野宿もできたのでしょうが、暑さの記憶はありません。

「そうね、リュックを見続けて歩いたわね」

理由もなくリュック嫌いの自分の謎が解けた一瞬でした。

「行列も嫌いよ」

は私。

「同じ」

と妹。

でも、私の行列嫌いの理由は、まだあるのです。

戦後の食糧難の時代、配給の行列に並ぶのは、長女の私の役目でした。

洗濯は盥に洗濯板、ご飯は竈《かまど》に薪を焼《く》べるのが当時の暮らしです。八人家族の母や祖母は忙しくて、

「あんたが並んでおいで」

が毎度でした。食べ物のための行列は、もうたくさん。

行列のできる店情報にも、ほんと、冷たいのです。

その日、リュックと行列の話から思い出の糸を手繰って、焼け跡でのゴム

跳び縄跳び、三角ベース、自転車のアイスキャンデー売りのおじさんへと盛り上がりました。

その妹は、大病をして集中治療室にいる私の耳元で、

「お姉ちゃん、情けないわよ。あのときも生き延びたじゃないの」

と囁きましたのに、暑い夏の日にあっさりと、両親の許へ行ってしまいました。

それから五年目の夏です。

幼かったその下の弟たちや戦後生まれの妹とは語ることのできない、共有の思い出話がありました。

「リュックも行列も、今も嫌いよ」

そっとつぶやいて、私の夏はせつないのです。

おかず

「まあ、懐かしい」

古い本の中に、「おかず」ということばを見つけました。子どものころ、食事は家でが当たり前で、ご飯と食べるお惣菜は、おおかたおかずと言っていました。毎日卓袱台に用意されていたのは、料理というよりおかずでした。おかずは料理より素朴なイメージ。俎と包丁の出合いの音が連想されます。

八人家族のわが家では味付けはさまざまに、南瓜、里芋、冬瓜などを大鍋で煮て大皿大鉢にでんと盛られていました。そうそう、ささがきの金平牛蒡も定番でした。あのころは、あまりうれしくないおかずの一品でしたが、今は好物。あの量をささがく大変さを思ったりいたします。最近の私は、ささがきではなく、マッチの軸より細く長く切っていますが、料理の顔になっているみたい。

そのおかず、何もかも大皿大鉢かといえばそうではなくて、銘々の皿や小鉢に盛り分けられるものもありました。数に限りのあるものや、頭数だけ用意されたもので、それはそれで少しご馳走ふうに見えました。「ひとり〇つ」とか「一尾ずつよ」など言わなくてもよい配慮だったのでしょう。そうでなければ食欲旺盛な弟たちは侵犯していたでしょうから。大皿大鉢も銘々皿も、庭の葉蘭を敷いたり、山椒の葉を散らしたりのお化粧をされることもありました。

お肉はご馳走の日のすき焼きなどで、焼き魚煮魚は鯵、鯖、鰯、秋刀魚と家計にやさしいものがおかずでした。一尾ずつの秋刀魚や鰯は、

「お頭付きですよ」

と、毎度祖母。

マヨネーズもドレッシングも市販品などなくて、夏場はキュウリやトマトをざっくり切って大皿に盛り、お塩をぱらぱらふったものものおかずの一品でした。ご近所産の野菜は健康優良児で美味しかったこと。

私たち子どもは、みな外遊び好き。夕焼けに大急ぎで帰り着くと、妹は、

「ねえ、今晩のおかずはなあに」

とたずねていました。名のつくような品々ではなくて、

「お魚とお芋、あと少し」

などの返事でしたが、それで十分納得していました。

「お料理なあに」

と置き換えたら、少し様子が違いそう。

おかずはご飯の相棒で、料亭やレストランなどの外の味とは違う、もっと元気印でした。ショーケースの中のお惣菜は、おかずなのかしら、お料理なのかしら。おかずには卓袱台がお似合いであったと、今は居ない懐かしい顔といっしょに思い出しています。

針箱

「わたしのお針箱！」

薄桃色のセルロイドでした。中には、中原淳一ばりの少女の顔や花の画のついた厚紙の糸巻き。そこへ巻きつけた黒と白と赤い木綿糸。へら、握り鋏に指貫。

「人の髪の毛を入れたのは針が錆びません」

と、祖母手作りの針山には、長さ太さの違う縫い針と待ち針。和針は「三の一」と「三の三」表記の小袋から譲り受けました。漢数字の上の「三」は木綿用針で「四」なら絹用とこのとき覚えました。下の漢数字は針の長さです。待ち針の頭は花形の厚紙でした。それに運針用の白い布。祖母も母も手仕事針仕事好きで、母は婦人雑誌の付録の型紙で簡単服も作っていました。大家族の繕い物も日常のことでした。けれど、秋の長い夜はその繕い物がすむと、お手玉や私と妹の人形の着物や布団を残り布で作ってくれました。

布が生まれ変わる針仕事は、魔法のようで、

「ねえ、わたしにもさせて」

とせがみ、針を持たせてもらいました。手を取って教えられても、私の作ったお手玉は、宙に跳ねると数珠玉がこぼれるのでした。

そんな折りの糸や針は、母たちの針箱からの借り物でしたから、家庭科用に専用針箱を持ったときは、ほんと、うれしかったのです。落ちたときわかるように握り鋏には鈴をつけ、

「針は使う前に数えて、終わったらもう一度数えなさい。どこぞへ紛れたら大変」

とくり返され、折れ針の始末までくどくど説かれて、

「わかっている」

と、私は邪険でした。

おかげで学校では糸の端の玉作り、運針も容易《たやす》いことでしたが、もとは左利きだったという友人が左右どちらからも運針を進める手際には驚きました。あの器用な方はどうしていらっしゃるでしょう。

かれこれ六十年前の少女画や花の画の厚紙の糸巻きは、旧姓を記したまま今も私の針箱に納まっています。

時は流れて物は溢れ、あれこれ作る必要も繕うものもなく、下着のゴムの取り替えも不要となりました。時折り、スカートの裾のほつれをかがり、ボタンの補強をするくらいで、針箱の出番はめっきり減りました。今一番の出番は、くたびれたタオルを見切って雑巾にするときです。

「あら、タオルはそのままの方が使うにも洗うにも、干すにも合理的ですよ」

の声はごもっともなれど、

「私はこの刺子にしているときが好き」

という頑なさ。それなのに、体力不足は手抜きが増えて、雑巾は溜るばかりです。

日頃の買物

「難儀になりました」

近くのスーパーマーケットが、店仕舞をしました。免許もなく、車を持たない暮らしで、今や私は買物難民です。

「歩いて行けるスーパーはどこでしょう」

近所の誰彼に尋ねても、返事はみな同じ。

「奥さまの足では無理でしょう。私たちも車で大型店を利用しています」

見かねた義妹が、時折り生産者から求めた卵を届けてくれ、その卵はティッシュペーパーやトイレットペーパーなどを道連れにして来てくれます。帰り際には、

「次は何がいいかしら」

と、涙が出るほどの申し出です。いっしょに暮らした八年の歳月は、こんなおまけもあったのです。

それにつけても、懐かしい光景が浮かびます。戦前は氷使用の冷蔵庫がありましたが、戦後の暮らしはそれもなく、西瓜も麦茶も井戸水頼みでした。大家族の食料、日用品調達は主婦の日々の仕事で、母は手提げ籠にガマ口と風呂敷を入れて、徒歩十分足らずの小さな店の並ぶ通りに出かけていました。

プカプカと水槽に浮かぶ豆腐、湯気の立つ油あげ、厚揚げ、がんもを商う豆腐屋さん。乾物屋さん、魚屋さん。打ったうどんを長く竿に垂らしていた店。八百屋さんは通りの奥の角っこでした。その手前は確か下駄屋さん。杉や桐の台だけを積み上げげた棚を背に座って、色とりどりの鼻緒の箱を前に、慣れた手つきで鼻緒を挿《す》げていました。駄菓子もある雑貨屋さんは籤引きの品もあって、寄りたい場所でした。食品などの多くは斜めの木の台に並べられていて、

「○○を△△匁《もんめ》下さい」

などと頼む量り売りです。竿の一方の皿に品物、もう一方に分銅を吊るして抓み上げる棹秤や台秤、豆や粉は枡《ます》も使われていました。

売り手も買い手も互いにすっかり顔馴染みです。

「今日はいい◎◎が入っていますよ」

などと情報を添え、

「あら、お風邪ですか、お大事に」

「お嬢ちゃん、これお駄賃にどうぞ」

と、人情も添えられました。ふふっ、お嬢ちゃんは私のことです。念のため。

そこは、自然にできた人と人の交流の時間と場所でした。品々を見る目を育て鍛える場所でもありました。あの小さな店々の並ぶ少し曲がった通りも、店構えも、呼び声掛け声も懐かしいこと。あの日の母は三十代でした。

老いた私は、二駅先のデパートの地下へ、エコバッグ持参で出かけ、避けきれないトレー等の始末に身も心も疲れています。

蜜柑

「昔は蜜柑でしたが、今はバナナです」

「えっ」

「日本でいちばん食べられている果物です」

そうなのですね。子どものころ、バナナは憧れの果物、メロンにマンゴー、パパイヤなどは読み物の中で出合い、キウイは知りませんでした。パイナップルは缶詰でお見舞いの品です。

「岡山の白桃が一番」

は、神戸育ちの母の口癖。苺、葡萄、桃、梨と国産季節限定品もありましたが、みな姿も味も今とは違う素朴さでした。よく口にしたのは夏の西瓜、真桑瓜、秋の柿、冬の林檎と蜜柑です。なかでも蜜柑は身近な果物で、剥いたり切り分けたりの手間も要らず、冬の暮らしの友でした。その蜜柑、わが家では炬燵の上が定位置で、炬燵は炭や炭団《たどん》が火種でした。炭団は木炭石炭の粉をふのりなどで丸く固めて乾燥させたもの。エアコンもストーブもなかった大家族が一つの炬燵でどういう具合に暖をとっていたのでしょう。思い出は蜜柑の姿ばかりです。新年が近づくと、荒削りの木箱詰めを求め、お歳暮の一箱も加わると、母は気前よく盆に盛って炬燵の上に置きました。

寒い夜、炬燵のぽかぽかは、ほんとよい心地。

「そのまま寝ないでよ」

と叱られながら、私は身体を伏せて足を入れ、顎を両手で支えて本を読むのが好きでした。吉屋信子の少女小説。

「同じような筋書きね」

などと生意気を言いながら、やめられないで次々読みました。支える手が疲れると、ひょいと身を起こして炬燵の上の蜜柑に手を伸ばします。

「お姉ちゃん、へたのついてた方から剥くのよ。筋が取りやすいから」

妹は数珠玉つなぎやリリアン編みなど炬燵の上の手遊び専門で、もう二つ目三つ目の蜜柑の皮を剥いていました。そのたびにしゅわっと立ち昇る香り。あのころの蜜柑は袋が厚くて、食べ残すのが普通でした。剥いた外の皮は、祖母がいくつも糸を通して部屋の隅にしばらく吊って乾燥させ、入浴のとき湯舟に浮かせるのです。

「風邪の予防やし、別嬪さんになるよ」

と添えられれば、浮かせないわけにはいきません。

ぷかぷかぽわん

ぽわんは、残り香です。

棘の注意もいる空いた蜜柑箱は、物入れ、踏み台等家具代用にもなっていました。中学時代の恩師は、独身の下宿で蜜柑箱を巡らせて、びっしり本を納めていました。私の本好きの原点は、あそこだったかもしれません。今もお便りが届きます。蜜柑につながる思い出は、ちょっぴり酸っぱくて優しいのです。

姑との時間

あけましておめでとうございます。

若い日は年巡って新年を迎えることなど当たりまえと思っていましたが、今は節目を確認したい気持ちです。昔のような反省や抱負などという大袈裟なものではなく、過ぎた日を懐かしく振り返り、新しい出会いを巡らす機会です。思い出は積み重なって重いので、フィルターにかけて楽しかったことだけ残しましょう。迎える方は負の体験がないのでよいことばかりです。老い力は勝手です。

「これまでの七十年で誰との時間がいちばん長かったでしょう」

今年はそんなことを考えました。幼稚園、学校と通い、外の時間が増えて、両親や妹弟との時間はそんなに長くなかったと気づきました。同じことは子どもたちとの間でも言えることでした。それならば間もなく五十年を迎える夫との時間が長かったかと思えば、これも違うようです。仕事好きの夫は、いつの日も休日返上、遅帰りでしたから、いっしょは朝晩だけ、案外延べ時間は短い計算になりました。

では、誰。と巡らして思い当たったのが、二十三年一緒に暮らした姑《はは》でした。私は奥さんで在宅、ご隠居さんの姑と終日いっしょでした。

「あなたのご主人遅いですね」

と姑。

「あなたの息子はまだですよ」

と私。義妹もいっしょで、

「あなたのお兄さん」

「あなたのご主人」

と、夫はいつも肴にされていましたっけ。

小心者の私は何だって前倒しで済ませておきたい性分ですが、姑は、最後に辻褄が合えばよいという鷹揚さでした。そんなふたりが、いつもいっしょにいたのです。子育てでやきもきする私。

「いいから、いいから、しばらく見守りましょう」

と姑。「いいから、いいから」は、放任放棄とは違います。見守ることは力の要ることでした。息子たちは祖母である姑に、どんなに救われていたかと、巷のあれこれを眺めて思います。

そうと気がついても、私の性分性格は治らず、老いも加勢して了見は狭くなるばかりです。あの日々、姑の鷹揚さへの理解が浅かった私は、

「お姑さん、困るわね」

の言葉を飲み込むこともありましたが、姑の方こそ鷹揚さに欠ける私に耐えていたのかもしれません。自分の狭量に焦《じ》れるようになって、「いいから、いいから」は、今や私の理想です。

「嫁は姑に似るのよ」

もたびたびの姑のことばでした。今ごろ気づく私を見越した、姑の深謀遠慮だったのでしょうか。

「ひまわり」「それいゆ」の日

「あら、懐かしい」

本箱の隅に中原淳一の画集を見つけました。表紙画は、紅梅の前で花簪や鹿の子絞りで飾った日本髪の少女の横顔です。紅地に白梅模様の着物の衿は黒繻子、半衿は赤。画集の奥付に、淳一没後一年の昭和五十九年編、第四刷とあります。そういえば、姑を送り子育ても卒業のころ、少女の日を思い出して展覧会に出かけたことがありました。

一枚、また一枚。

「覚えていますよこれ」

「この表紙もありました」

前半は戦前の雑誌「少女の友」の表紙画や挿画で、私が出合っていたのは戦後の雑誌「ひまわり」「それいゆ」のものでした。大きな瞳、華奢な手足、お洒落な服や着物、恥じらう表情、あしらいの花々小物。

「ほら、見て、みな覚えているのよ」

ああ、話し相手がほしいこと。妹と共有の机の本立てに並べてうれしかった日が浮かびます。
黒髪に淡いピンクのリボンを編み込んで結い上げた髪の着物姿の横顔の画は、とりわけ好きな一枚でした。白いショールカラーのついた赤い服の少女のショートカットも気に入りで、床屋さんを困らせたものです。「ジュニアそれいゆ」夏季増刊号に載っていたという一葉の「たけくらべ」の美登利と信如の画は、真似て描いたのを壁に画鋲でとめていました。

「あんた上手に描けましたなあ」

と、婆バカで褒めてくれた祖母の声が戻ってくるよう。再挑戦してみましょうか。

最初は「ひまわり」、少し長じて「それいゆ」の発売日は待ち遠しく、乏しいお小遣いの惜しくない使い途でした。「ひまわり」はA四版だったと思いますが、「それいゆ」は少し横長の雑誌で、それぞれ物の不自由な時代の少女の楽しみ方満載でした。

端切れや再利用の小布に花を重ねたアップリケや刺繍の手さげ袋や花瓶敷。紙箱には千代紙を貼り、フェルトを重ねて花束にして安全ピンでとめたブローチ。質の悪い藁半紙に真似て描いた便箋や封筒。

みな楽しかったわ。

淳一画の絵葉書も大事にしていましたが、あれは附録だったのでしょうか。近所の洋裁お得意のお姉さんに頼んで、画の中の少女とお揃いのジャンパースカートを作ってもらったこともありました。

そんな中原淳一の世界は、夢いっぱいで魅力的でしたが、リッチとかセレブなどとは無縁で、清く美しくと少女を育ててくれました。

「私、今も絵葉書など持っていますよ」

は、うれしいお仲間です。

季節限定の品々

春を告げる一番手は光で、昼の時間が日に日に長くなるのは、ほんと、うれしいことです。身体の奥できゅっと結んでいた何かが緩んでいくよう。

「木の芽起こしの雨やなあ」

春の雨を喜んだ祖母のこんなことばを何度聞いたことでしょう。よくまあ

毎年同じことを、と思っていましたが、今は、

「ほんと、ほんと」

と実感いたします。雨は、

「春ですよ、春ですよ」

と木の芽、草の芽、花の芽を起こしているようです。三月ともなれば何もかも目覚めて、息づかいを感じます。わが家の小さな庭でも、木々草々花々が、様子を窺っていた小さな頭をすいと伸ばして、深呼吸しているよう。老いの身は寂しがり屋になって、秋の枯れゆく風情より生き生き育つものが好ましくなりました。生まれたての緑は、優しく柔らかな色です。


土にへばりついていた十二単が首長になり、寒さを越えたヴィオラやパンジーが見るたびに株を大きくし、花を増やしている元気が伝わってきます。

私は身辺を春色にしようと努めます。便りには蕗の薹、水仙、梅の切手を貼りました。次は桜を用意しています。花器に食器にテーブルセンター、みなできる限り春らしく。そうそう、竹の子を模した小鉢も忘れないように使わねばと、取り出しました。

箪笥の中も春模様がうれしいのです。梅の染帯も楽しんで、今は桜の帯。

柳に白鷺の書絵《かきえ》はその次に。たくさんはないので迷うことはありませんが、うっかりしていると時を逃がしてしまいます。

そう、年毎に季節限定の品々が好ましくなりましたの。どんな季節にも使えるものが合理的と思った若い日もありましたが、今は季節限定が好き。巡り合えた喜びを確認したくなったのかもしれません。身に添わせるもの、身辺に置くもの、口にするもの、みなその季節ならではの品々にして、暮らしのアクセントにしています。

ですから、寒い日にひらひらと透けるようなスカートに出合うのは面白くありませんし、汗の滲むころにマフラーを巻いたり、長いブーツを履いたりも嫌い。

送る季節の品々を片づけて、迎える季節のものを身近にするのは、心弾むことです。わけても、春は芽吹き花咲く力をお裾分けされる思いです。

温暖化で四季がなくならないかと案じながら、年齢を忘れて淡いピンクの薄いストールを出しました。

（二〇〇八年四月～二〇〇九年三月）

あの日の大晦日

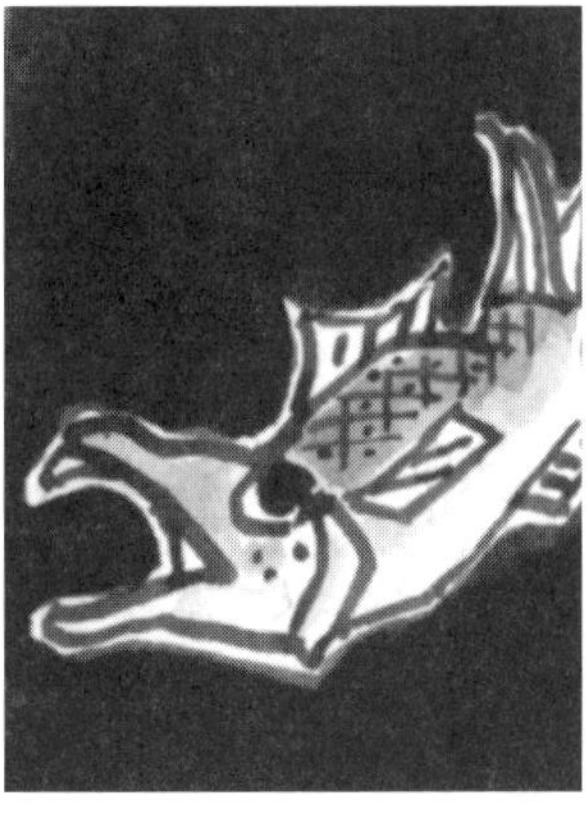

「えっ、なあに」

「えっ、なあに」

と聞き返し、

「何か仰いましたか」

と問うことが多くなりました。この間までは隣の部屋に居る人とも不自由なく会話していましたのに、いつの間にか歩み寄って用を足しています。祖母や老いた日の母の姿が浮かびます。

テレビのキャスターの声も、よく聞こえる人と聞き難い人があります。ドラマの人物などは、

「あの方、発音がはっきりしませんねえ」

と思うことが増えていますが、自分の耳のせいかもと、疑うこのごろです。そんなときは、子どものころ、山びこを聞いていたときのように、手を耳に添えるとよく聞こえます。耳たぶはこのためにあるのですね。高齢者の事故が多いのも、

「きっと後方からの音や気配が、一層解り難くなっているのでしょう」

と、妙に納得いたします。

発見はまだ続いて、

「どうしてそんなに小さな声で話すの」

という家族の問いに、

「ええっ」

私はちっとも小さな声でなど話していないのです。私の中では相手の声と同じに聞こえています。でも、発見。自分の声はいつも自分の中を通して聞こえていて、外からの声と同じではなかったのです。外からの声が聞き難くなっていて、その声に大きさを揃えると自然に小声になっていたようです。相手には大声を要求し、自分は小声になるみたいです。

もうひとつの発見は、老いの体調に波があるように、耳の調子にも日により時によって波があることです。若い日、祖母の返事の遅いのに、

「都合のよいことは聞こえるのに、今のは聞こえないふりね」

などと思ったことへの訂正です。

「悪口はちゃんと聞こえるのですね」

という老いた人へのドラマのセリフは、若い方の脚本かしら、と思うこのごろです。

老いはこんなふうに静かな忍び足。でも、たくさんのことを発見させ、教えてくれます。そんな解ったこと、体験したことが支えてくれるので、動じることは少なくなりました。昨今の世の右往左往ぶりにも、

「戦中戦後も何とか通り過ぎてきましたもの、こんなときは暮らしの間口を狭くして、静かに知恵比べし、難儀をやり過ごしましょう」

などと思っています。

老いた者は何事にも鈍くて動じないだけではないのですよね。エコだ、節約だと示されるあれこれも、みな身についていることごとです。

ビフォアーが好き

「よくリサーチをなさいませ」

お誘いのダイレクトメールを紙ゴミの袋に収めました。お誘いは古いジュ

エリーをリフォームしませんか、というものです。母たちはジェリーなどとは言わず宝石と呼んで小さな石を大切に、ハレの日に身に添わせていました。今はどこでも目にできる品となって、雑誌などでも豪華さを競っています。ブランド品もあって、私などは、

「わあ、重そう」

件のお誘いのリフォームは、小さな石の古い指輪を今風に飾って豪華に変身させましょう、というものです。ビフォアーとアフターのカラー写真が並んでいました。

そんな指輪のひとつは、

「四月生まれとは参ったなあ」

と、安月給だった若い日の夫が大奮発してくれた誕生石の婚約指輪にそっくりです。立て爪の中に納まった小さな小さな石。でもあのころの普通の娘の幸せには十分の品でした。そんな思い出の品を、貧弱だからとキラキラ豪華に飾り立てる気持ちにはなりません。それでもこんなお誘いが多いのは、たくさんの方がそうなさるのかしら。豪華になった分思い出は薄くなってしまいそう。

そんな暮らし方を続けているので、何だってアフターよりはビフォアーの方が気持ちに添うことが多いのです。美容室で眺める雑誌のお化粧指南も、たくさんの品を紹介しつつ、モデルさんのビフォアーとアフターが比較されています。

「ビフォアーの方が自然ね」と、こっそりつぶやいています。特に目のまわりのカラフルなこと。黒々太いカールの睫毛は不自然で、見ているのも苦手です。

「年老いたら何ごとも引き算で丁度いいのよ」

とくり返していた母の呪縛でしょうか。その母は戦時中、わずかな指輪も石を外して律儀に供出し、その後は宝石とは縁のない暮らしでした。供出で残った石はガーゼにくるまれていましたが、その後食糧に変身してしまったのを、長女の私は知っていました。

「ダイヤはおにぎりに敵わないときがある」

悲しいトラウマかもしれませんが、老いてなお心の隅に残る思いです。私が大事に思うのは、そこに添えられた思い出で、思い出は心の何よりの糧です。

姑もまたそういう品々には全く頓着、執着のない人でした。老いてのそういう暮らしは誠に爽やかで、ふたりに比べれば身辺の品の多い私は、まだまだ修行不足です。

赤いハイヒール

「まあ、赤いハイヒール」

前を歩く人の足もとです。赤いハイヒールは、軽々とホームから改札口への階段を上がっていきます。目で追っていると、記憶の扉がすいと開きました。昭和二十九年、高校生になってすぐの日でした。明け方に見た夢の中で、前を歩く赤いハイヒールに出合ったのです。

「夢はカラーだったのですね」

と気づいた瞬間でもありました。田舎娘が赤いハイヒールの夢を見るなど、きっと外国映画の影響だったのでしょう。中学時代、映画館の前に住み、フリーパスを持つ友人がいました。しばしばその恩恵にあずかり、夢のような世界を垣間見ては、背伸びをしていたものです。「花嫁の父」「陽のあたる場所」「若草物語」「第三の男」。「ローマの休日」を観たのは、高校生になってからです。でも、それぞれを思い返せば白黒映画ばかりです。赤いハイヒールは謎です。とにもかくにも、あの夢の日、

「おとなになったら赤いハイヒールを履くの」

と決めたのでした。けれど、時代はまだ貧しくて、赤いハイヒールはずっと夢のままでした。床屋さんで散髪をし、ほとんどをセーラー服で暮らしていた私の私服といえば、近所の洋裁学校に通うお姉さん手製のブラウスか、祖母の手編みのセーターでした。足もとはズックの運動靴。

でも、だからこそ赤いハイヒールは魅力的だったのでしょう。大学の卒業前に求めた最初のハイヒールは黒でした。赤は店頭にあったのか、なかったのか、おしゃれ用まで手が届かず、それを不満に思った記憶もありません。それどころか、晴れがましく心躍りし、うれしかったこと。舗装の道は少なくて、街中の舗道の継ぎ目に隙間があり、よく踵を落として傷つけ、口惜しかったものです。減ったら取り替える靴底、新製品のナイロンストッキングは後ろ中央に一本線があって、ガーターで吊っていました。線がなくなったのをシームレスといっていました。

姑を送り子どもも巣立ったある日、夢の続きを思い出して求めたのですよ、赤いハイヒール。でも、細くて高い真っ赤なヒールは、髪に白い物が混じる身体を支えるのが辛そうで、ときどき眺めていただけでした。

思い切りの悪い私は、今雨の日にも履けるストレッチ素材の赤いペタンコ靴を愛用しています。あの日の夢と繋がっているのでしょうか。

裸足

たそがれどきに小さな公園の近くを通りました。ジャングルジムで遊ぶ幼い男の子と両親。父親の家事育児への参加も多くなったようです。

手を取って上へと導く父親、お母さんが足首を持ちお尻を支えています。

「頑張ってね」

と声をかけてしまいそう。でも、子どもの足もとはソックスにおしゃれな靴です。

「裸足にしたら鉄の棒を上手に捉えられるのに」

の気持ちが、

「私だったら裸足にするわ」

とエスカレートします。

「ちゃんと握りなさい」

「足に力を入れるの。怖くないから。ちゃんと持ってあげるから」

ちゃんとちゃんとと親は叱咤激励しますが、子どもはしがみつくばかりです。

「裸足でなさいな」

と思ううちに、足の裏の懐かしい感覚が目を覚ましました。ジャングルジムや鉄棒の冷たかったり熱かったりの感触。乾いた土、湿った土、濡れた土の肌ざわり。水の底の石ころ砂利、草の上。思い返せば外遊びの思い出は裸足ばかりです。ゴム跳び、縄跳び、ドッジボールに竹登り。

戦後の子ども時代の履物は、紐を通す薄い白のズック靴もありましたが、多くが下駄でした。夏の素足に下駄は爽やかだったこと。大家族の上がり口は、大小鼻緒の違う下駄が賑やかでした。桐材は上質で、実用優先の子ども用は杉の台に木綿の鼻緒。寒い季節の別珍の赤い緒がうれしかったものです。

外遊び大好きな妹と私に、

「あんたらの下駄はすぐちびてしまう」
「歩き方に悪い癖がある」
と、母は歯の減り具合の速さ、偏りを嘆くのでした。脱ぐにも履くにもすぐの便利な下駄でしたが、飛んだり跳ねたり駈けたり登ったりは不向きで、そんなときは、脱いで隅に揃えて無論裸足でした。裸足遊びは力技。汗が友の忘我のひとときでした。運動会の徒競走、リレーも裸足の時代で、家から裸足のまま出かける水遊び川遊びも楽しかったわ。その折り折りの足の裏が覚えた感触は、今も残っています。

あのころ少しくらいの汚れは、ぽんぽんと叩いてそのままこっそり下駄へ。ひどい汚れは川か蛇口ひとつをセメントで囲った学校の足洗場でさっと流して、振って乾いたらおしまい。土道、砂利道は危ないものもあったでしょうが、みな自己責任の時代で、子どもながら気をつけ、知恵と工夫で乗り切っていました。

今も裸足好きで、自分で用意したスリッパを無視し、家の中ながら裸足で歩きまわっています。

エプロン

「まあ、何とレトロなのでしょう」

わがエプロン姿です。胸当ては首から吊って両脇の紐を腰の後ろで結びます。汚れを防ぐのは前面だけ。草色の木綿地の胸当てとポケットに葡萄のアップリケのついた母の手作りです。今はドラマの中の主婦も、料理番組の講師も腰にきりりと巻き付けたものや、胸当てが一体になって後ろまでガードするおしゃれなエプロンです。いいなあ、と思っても私はまだまだ在庫豊富で、今風おしゃれな品は求められません。

作り手の母は逝って二十年余も経ちましたのに、作り置いてくれたエプロンは健在です。嫁にも進呈しましたが、これ以上は気の毒。巷のしゃれた品がよいに決まっています。

手芸好きの母は、我流ながら古い足踏みミシンで、夏の簡単服なども作っていました。妹や私の子どものころは、既製の品が溢れる時代ではなくて、端切れを求めては手作りしてくれました。我流は難しいことは駄目。裏なし

の夏物が得意で、

「シミーズと同じ型だけれど、花柄やギンガムチェックにするとワンピースよ」

と、衿も袖もないウエストはギャザーの簡単服。

「これをつければ立派なワンピース」

と、おまけでつけた脇のリボンを後ろで結ぶのでした。そのリボン、あちこちにひっかかって外遊びには不都合ばかりだったのです。

あのころ、女子の進学の選択肢のひとつに洋裁学校がありました。母はご近所のそんな洋裁学校の生徒さんの生徒になって、あれこれ学んでいたようです。けれど、妹も私もやがて母手製のシミーズ型ワンピースは卒業してしまいました。

晩年の母は、私たちにも使われる品をと、エプロン作りに精を出していたようです。アップリケ、刺繍、レースを挿みフリルをつけ、ほんと手間暇惜しまず作り続けました。腰から下だけの前かけもありましたが、得意はサロンエプロンと称して胸当てつきでした。行き会うたびに手土産にもらって、働きの悪い私は未使用のエプロンが溜まるばかりでした。おまけに母の手製は丈夫で、なかなか引退させられないのです。

遺品の中に手作りエプロンが何枚もあって、妹と分け合い、在庫は一層増えました。元気印だったその妹も逝き、未使用エプロンが残っていました。私はそれも引き受けてしまったので、一生母の手作りエプロンで間に合いそうです。

「あなた、何をするのも手のろくなったわねえ」

母のエプロンは、時折りそっと囁くのです。

笑顔

「えっ、笑顔を作る練習を教室でするのですか」

テレビ画面の主役は小学生です。特別授業の教室風景は、それぞれ自分の鏡を前に笑顔作りに励んでいます。お手本は、無表情から最大の笑顔までモデルさん演じる六つの表情のパネルです。講師は化粧品会社の女性。

「現代社会は他とのコミュニケーションに笑顔が欠かせません。それを作るお手伝いをいたします」

と自信満々です。学校側も、

「コミュニケーションをとるのが下手な子どもが増えているので、是非にととり入れました」

との弁。東京でのことです。

笑顔は心を映すもので、幸せな気分、うれしい気持ちが表情となって表れるものと思っていた身は、複雑な気持ちで納得できません。

けれど、画面の生徒さんたちは、それぞれ自分の鏡に向かって笑顔作りに熱心です。歯を見せたり隠したり、口の横を手で引き上げたり。賑やかな教室は、はや作らずとも笑顔いっぱいに見えました。

私の子どものころは「作り笑い」ということばがあって、それは非難のことばでした。その「作り笑い」を講師を招いて小学生が学ぶとは合点がいきません。

大喜びの破顔、感謝の笑みは見る者にも幸せを与えてくれます。好ましい人、懐かしい顔に出会えば笑顔は自然に生まれます。なかには恥ずかしそうに頬を染める笑顔もありますが、昨今はそんな風情にもなかなか出会えなくなりました。寂しいわ。

いつも笑顔の人は、笑顔になる心持ちを保っている人でしょう。そういう心の持ち方を心がけましょう、というのであれば大賛成、納得です。でも「作り笑いの練習とはねぇ」。目の前のにっこり美しい笑顔が心のこもらない訓練で作った笑顔かもしれないと思うと、悲しい表情になってしまいそう。

受講していた小学生はみな素直で、

「一生懸命笑顔を作る練習をします」

「だいぶ上手になりました」

と、向けられたマイクに笑顔で答えていました。

「今の笑顔は練習の成果ですか」

などとは尋ねたくありません。

講師の女性は、背筋の伸びた素敵なスーツ姿で、むろん見事な笑顔で仰いました。

「笑顔の訓練でコミュニケーションが上手にとれ、入試でも就活でも有利になります。現代人の必須科目です」

私は心の内で「就活」を「就職活動」と言い直していました。

お弾《はじ》き

「よろしかったらお教えしましょうか」

しばらく迷った後、声をかけました。昼下がりの博物館の二階、懐かしい遊びを体験できるコーナーでのことです。

フラフープ、面子、ビー玉、独楽にお手玉、お弾き。

まあ、懐かしい。

若いお父さんがフラフープの中に入って、男の子に指南していますが、どうやら体験がない様子です。流行時に遊び年齢を超えていた私も未体験ですが、難しそうです。

お弾きのコーナーでは、幼い男の子女の子を前に、お母さんが遊び方を思案していました。

「確かこうしてぶつければいいのよ」

人差し指と親指で輪を作り、床に添わせて弾きます。

「ほら、当たった！」

遠くに跳んだひとつが他のお弾きにぶつかりました。

「なんだ、つまらない」

と、つれない男の子。件のことばは、そんな折りに思わず出てしまったのです。三人は見知らぬ老婆の出現に戸惑っています。

「昔よく遊びましたから、遊び方をお教えしましょうか」

と重ねるすっかり世話やきお婆さんです。幼い少女は、

「うん、教えて、やって見せて」

と優しいこと。

「どうぞ」

とお母さん。床に膝をつき、

「まずこうして全部を握ってさっと撒くのですよ」

「ふん、ふん」

「ほら、こんなふうにばらばらになるでしょ」

「うん」

「いちばん簡単な遊びは、ふたつ並んだところを見つけて、間を触らない

よう指を通した後、弾き合わせるの。狭い所を通すのですから小指がいいですね。うまくできたらぶつけたひとつを自分の取り分にします。別のに当ててしまったら失敗で交代です。たくさん取った人が勝ち。失敗するまで続けていいのですよ」

「ふうん」

「ほかはね、三角に並んでいる所を見つけて、ひとつを他のふたつの間を通過させ、残りを打ち合わせる方法。このときは通したのが取り分です。ほかに当てたら失敗で交代は同じね」

指南は無論実演つきです。

「成功している間はどんどん続けていいの。何人でも遊べますよ」

と言えば、

「ねえ、いっしょにして」

と、女の子のうれしいお誘い。無論私に異論はありません。孫より小さな子どもたちとの楽しいひとときでした。

「独楽も面子も得意でしたのよ」

は心の内で。出番は少ない方が効果がありそうです。

ご飯炊きました

「うっふ、何て贅沢なよい気分でしょう」

新米はふっくらと湯気を立てています。

「誰のためでもない私のためのご飯」

思いがけない幸せな気分です。五十年近く主婦で暮らして、はじめて自分だけのためにご飯を炊きました。ひとり暮らしの方ならどなたにも日常のことですのに、どうして私にその機会がなかったのでしょう。いつも家族が多くて、誰のために何をするなどと意識したことがなかったような気がいたします。


時が流れ小さな所帯になっても、ひとりの食卓は残ったご飯お菜を無駄にしないよき折りと思っていました。お菜は手作りするものと育てられた呪縛は解けません。食べ切り分だけ作るのも難しくて、少しずつの残りが積もります。

「食べ物を粗末にしたら罰が当たる」の祖母の囁く声も届くようで、「捨てまじ」の思いは、金平牛蒡のふた口ほど、塩昆布の三、四枚も小さな容器に取り置いてしまい、野菜の残り端は糠床に潜めます。何ともケチの極みですが、取り置き食があるということは、即戦力の食べ物が揃っているということで、心強いのです。

「今日の夕食は外」

と夫に告げられると、

「うふふ、何もしないでよい日ね」

と喜色満面。時を忘れた優雅な日となり、

「あら、夕ご飯の時間」

と気づいても平気平気。出番を待つお菜がありますもの。私はできる限り季節感のある大皿を出して、金平牛蒡少々、骨まで柔らか煮の秋刀魚一切れ、玉子焼き二切れ、煮豆少し、朝の取り置きのほうれん草のお浸しに胡麻を追加して、間隔を離して盛りつけます。

今日の九谷の大皿は、流行の創作料理のお店にあればメニューの一端と自画自賛です。自作ですから口に合わないものはなく、みな好みの味付けばかりです。

ところが、今日はご飯の残りがありませんでした。いつもはミスマッチを承知でパンへの切り換えもいたしますのに、

「どうしてもご飯」

と頑固な気持ち。遅くなっても誰を待たせるわけでもありません。ほかほか新米のご飯がわがために炊きあがった次第です。

知らなかった贅沢な気分、幸せな心地です。これからはわがためだけのことも増やしましょう、と図に乗っています。

人は残り時間の限りを思うようになると、形ある品々は少しも欲しくなくなりますが、見えない気持ちには欲深くなるようです。

あの日の大晦日

「はい、これお願い」

茹でこぼして大きな短冊に切った蒟蒻です。

「こんなふうに手綱に」

中央の包丁目に一方の端をくぐらせてくるり。面白い、面白い。

大晦日のおせち作りは大方祖母の役目で、子どもの日の私は助手でした。

祖母は地味な絣の着物で前掛けに襷がけ、髪は小さな茶筅髷です。

「あんた上手や」

と煽てられてうれしくて。たかが蒟蒻ですが、乾煎り後、菜種油で炒め、甘辛く煮しめて鷹の爪を散らせて一品。

「次はごまめを煎ってちょうだい」

火種はコンロの炭火です。田作りを関西人の祖母はごまめと言っていました。

「煙が上がるよ」

と訴えれば、

「ああ、火が強すぎる」

と焙烙《ほうろく》を一旦外して炭の加減をみます。ごまめを煎り終え粗熱がとれたら、別の鍋に砂糖、醤油、みりん、お酒を一緒に煮立て、ぷくぷく泡が全体に回ったところへ入れて絡ませ、これにも鷹の爪を散らせて出来上がりです。黒豆は一晩水に浸したのが煉炭火鉢の上で湯気を立てていました。

酢どり蓮根、叩き牛蒡、お煮しめの具材を切る役目もありました。ある年から二つ違いの妹も仲間入りし、私は甲斐甲斐しく偉そうに世話をやいたものです。難しかったのは戻した昆布で戻した身欠鰊を巻き、干瓢で縛る昆布巻き。太くなったり干瓢が切れたりしました。

伊達巻きや玉子焼は専ら見学でしたが、切り分けるとき、

「お母ちゃんには内緒や、行儀悪いけどお味見や」

と切れ端を口に入れてもらうこともあり、調理の匂いが立ちこめるなかでの幸せな時間でした。

お重に詰めるときは、姉さん被りで掃除係であった母も、庭の南天の葉を手に加わりました。不用品もくべる焚き火が父の役目。弟たちはこっそりお豆をつまんだりしましたが、見て見ぬふり。大晦日の台所の忙しさ賑わいは、女の華やぎでもありました。

お重が整い祝い箸の名書きも終えると、祖母は襷を外しながら、

「そのうちこのふたりが作ってくれる日が来ます」

と言ってくれましたが、祖母の口には届きませんでした。

外から持ち込むおせち料理は、食べるほどに隙間ができ、みすぼらしく寂

しくなりますが、手作りは予備を補って長く整っていました。時代に流されて手を抜く日々、この暮れはあの日に挑んでみましょうか。

「あなたは如何」

と声をかけたい妹がもう居ないのが寂しい限りです。

日めくり

明けましておめでとうございます。

新年のご挨拶も七度目となりました。恙なく越年し、こうしてご挨拶できることをうれしく思います。

寅の画の新しい日めくりの表紙をめくって、今年という一年がスタートしました。ずしりと重なった三百六十五枚です。その一枚一枚、一日一日にどんなことが巡ってくるのでしょう。

日めくりが使われることは少なくなって、今やカレンダーが主流のようです。一か月、二か月で一枚のものから一年を一枚にしたものまであります。

小学生もスケジュールに追われているという暮らしでは、一日だけを切り取って眺めているのは難しいかもしれません。前後を確かめて予定を立てるには、カレンダーが便利ですもの。私も家族との日程の調整にはカレンダーで対応していますが、個人用は気に入りの日めくりです。

カレンダーに並ぶ日々は横並びにつながっていて、一日は一週間や一か月の中の一部です。その点、日めくりは一日が独立していて、毎日が重なって存在するように思えます。一枚をめくると、

「ああ、今日という日は過ぎてなくなったのだわ」

と思う単純な実感です。遠い日、祖母は年の半ばを過ぎるころになると、

「日めくりが痩せてきた」

とつぶやいていました。本当に三百六十五枚の重なった紙が毎日減って薄くなり、頼りなくなります。一枚をめくって一日の終わりと新しい日の始まりを確かめるのは、ちょっとした区切りです。大袈裟ではない反省や悔いもありますが、

「くよくよしない、新しい明日がくるわ」

と希望も湧きます。それは大晦日をくぐり抜けるとき、何かがリセットさ

れたように感じるのと似ています。

「あら、明日は大安、いいことがあるかもね」

と、思ったりして。

毎年頂戴する愛用の日めくりには、旧暦、十干十二支は無論、季節、日の出日の入り、月の満ち欠け、日食月食から主要な故事行事も載っていて、長い暮らしのつながりのなかに居る安心感があります。

ある年、海外のお土産に美しいカレンダーを戴きました。

眺めて眺めてうれしくて。

「いつかはこの地へ行きましょう」

と、楽しんでいましたが、祝祭日が違って混乱することが増えました。訂正を書き込めば美しい紙面は台無しです。

そういうわけで、日めくり好みは、

「明日がよい日でありますように」

と、また一枚めくります。

小ざっぱり

「あら、こんなところにも」

街の中で鏡に出合うことが多くなりました。デパートのエスカレーターの脇、エレベーターの中、地下鉄に乗れば出入り口の横の小さなものまで。ひょいと自分を眺めることになって、

「うれしくないわ」

気持ちは変わらないつもりでも、見事な老いぶりです。自分の姿が見えないのは、神さまか仏さまの配慮かもしれません。

最近そんな折り、祖母や母のことばが思い出されるようになりました。

「年をとったら小ざっぱりせなあかん」

寒い季節、蛇口からお湯の出る日など想像さえしなかったころです。暖房は火鉢頼りで北側の窓は目張りをしていました。朝の洗顔は外の手押しポンプで汲み上げた井戸水を小さな金盥に入れて使いました。ポンプを使うにはコツがあって、プシップシッと空音のときは、迎え水をして小刻みに下の水を誘います。子どもながら、私は上手だったのですよ。

「顔を洗うのは冷たい」

と祖母に甘えれば、

「冷たい水は気持ちがしゃんとします。温《ぬく》い湯で顔洗ったら皺ができます。それに井戸水は温い」

と、さっさと顔を洗い、懐から使い込んだ柘植の櫛を出して身づくろいしました。着物の衿に手ぬぐいを掛け、頼りない少なくなった髪を梳かし、くるくる小さな髷にして、長いU字型のピンで頭の上にとめるのです。意地悪な私は、

「ふうん、皺にならないの」

と祖母の顔をまじまじ眺めました。

「ならんとはいえんけど、なり難い」

と、急いで訂正するのでした。

「年をとったら小ざっぱり」

は、晩年の母もよく使うことばでした。ふたりとも老いた自分自身に言い聞かせる呪文のようなものだったのでしょう。

今は老いても若く見えること、見せることが至上の世相ですが、祖母には

「老いてやつし過ぎは野暮、小ざっぱりが粋や」

と、前半におまけのつく折りもありました。

老いれば年が改まっても大望はなく、抱負というほどのことも浮かばないまま立春も過ぎました。ふたりを思い出して、

「小ざっぱり、小ざっぱり」

と心がけて暮らしましょう。楽に楽にと身も心も流れてしまうことの多い日々への叱咤です。

祖母の暗示で今も寒い日も冷水での洗顔ですが、皺は無論当て外れです。

ふたりを見て解っていましたのにねえ。

リリアン編み

「あれは出来上がったのかしら。どんな使い方をしたのでしょう」

何度思い返しても浮かばない記憶の果てです。

リリアン、リリアン編み。

縄跳びの持ち手に似た木製の十センチほどの円筒の上に、小さな釘が五本並んでいました。そこに鉤《かぎ》針で星を描くように糸を順にかけていくと、下から紐に編まれて出てきます。糸は人絹の細く打紐状のものでした。そんな道具や材料を小学校近くの雑貨屋さんで求めました。文具も買っていたお店で、籤で選ぶ袋に入った映画スターのブロマイドなどもありました。

右利きの私は左手で道具を握り、右手に持った鉤針で糸をすくって釘にかけました。握り方にはコツがあって人差し指を残します。残した人差し指はぴんと伸ばして、かけていく糸の調節をしました。次々釘にかけていくと、糸は紐になって筒の下から少しずつ出てきます。少し編んでは下から覗き、また編んで。さしたる目的もなかったと思うのですが、楽しかったわ。思い出の中の糸の色は、いつもピンク。あのころはもも色といっていました。

多くの家庭で母親や祖母がセーターやマフラーを編んでいました。古くなったセーターを解いて湯気で癖直しをして編み直したり、別の小物に変身させたりするのを見ていると、魔法のようで楽しそうに見えるのです。両手を差し出して、毛糸を巻き取る手伝いをしているうちに、鉤針編みを覚えました。最初のうちは引き抜いて鎖にしていく単純なものでしたが、糸の引き具合い、力の入れ方で様子が違い、ひとつの所にたくさん通して花形になることも覚えました。

　編み物はおとなの仕事への子どもの参加でしたが、あのリリアン編みは最初から子どもの遊びではなかったでしょうか。遊び仲間の溜まり場に持ち出し、続きは夜の茶の間でも。途中から糸の色を変える仲間もいましたが、私はいつも一色が好みでした。

　それにしても出来上がった記憶がなく、使った記憶もありません。ケチな私は使わずに机の引き出しに入れていたのかもしれませんが、その後はどうなったのでしょう。あの遊び、今もどこかに残っているのでしょうか。

　思えば、昔の女の子の遊びは、着せ替え人形もままごと遊びも、知らず知らずに楽しみながら、おとなへの日々の暮らしに繋がっていたように思います。

　子どもがおとなのしていることを楽しそうに見ていたなんて、何て幸せだったのでしょう。


（二〇〇九年四月〜二〇一〇年三月）

住所録に住む人

鉛筆削りました

電動鉛筆削りに暇を出して、今日はわが手で削ることにしました。

「シャープペンだけにしたから、これあげる」

孫が六本の使用途中の鉛筆を差し出しました。

「どうして使わないの」

「めんどうだもん」

「穴に入れればブーンと削れるでしょ」

「持ち歩けないよ、そんなの。失くしてもいいと思っていたんだけど、そういうのって失くさないんだよね」

とは聞き捨てなりません。

「罰あたり！　全部大事に使い切ってあげます」

私のペン立ては大振りのマグカップで、鉛筆、ボールペン、万年筆、シャープペン、修正液、ハサミにカッターナイフ、耳かきまで揃っています。真ん中で赤青に別れている色鉛筆は、二十年は経っていそうです。二本の鉛筆が八本に増えました。電動の削り跡はつるりと同じで、面白くありません。そこで、書き損じの紙を広げて、カッターナイフで削りはじめたのです。

遠い日は、片刃のカミソリに薄いブリキの折りたたみの鞘のついたものを、多くの仲間が筆箱に入れていました。私もセルロイドの筆箱に。

「学校へ刃物を持ってきてはいけません」

などと言われた記憶もありません。刃先が斜めの鞘つき小刀を持つ子もいました。

好みの削り方は、六角の角にナイフを当て、六角の錐の形にするのです。左手四本で握った鉛筆に右手のナイフを当てて、左手の親指を添え滑らせるように削ります。

スイーッ、スイー

この感触、久しぶりながら木屑はきれいに反って落ちました。左手で順に面を廻して六面。芯もそのまま宙に浮かせて、

カリカリ、カリッ

教室では敷いた紙に押し当てて尖らせる仲間もいました。不器用な男の子の鉛筆は、途中でえぐれたり盛り上がったり面の大きさもさまざまでしたが、

どの鉛筆にも表情があったと、懐かしく思い出しています。失くしてならじと鉛筆の後ろを三センチほど削って、名前も書いていましたが、なくても持ち主は解ったのではないかしら。

思い出も添えた鉛筆削りは、思いがけない楽しさでした。加減の要る行為は、ゆるゆると気持ちを潤わせてくれるようです。削り屑も昔のように薬包みたいにしましょう。薬は錠剤やカプセルになってしまいましたけれど。

若い方のなかには刃物が苦手で、庖丁を使えない主婦もおいでと聞きましたが、ほんとうなら楽しみも放棄で惜しいことです。

ケイタイは見事なお手並みですのに。

おまけの思い出

「まあ懐かしい。わが家にもありましたよ」

テレビの画面に並んでいるのは、手の平にいくつも載るほど小さな玩具です。その昔、お菓子のおまけについていた品々でした。

「よく集めましたねえ」

と声をかけたくなるほどの数です。

幼い日の息子たちもおまけが好きでした。お菓子より先に取り出して、

「なんだ、この前と同じだ」

と文句を言ったり、

「そっちの方がいい」

と互いに取り替えたりの遠い日が浮かびます。汚れ放題に遊んだ半ズボンのポケットに入ったまま洗濯をしてしまい、

「だめじゃないか」

と偉そうに口を尖らせる子に、

「大事なものなら出しておきなさい」

と若い母親の私も元気でした。いくつあったか、どんなのがあったか、記憶はかすんでいましたが、テレビの画面はアップになって、

「そうそう、あれも、それもありましたよ」

と、記憶を確かめることができました。

けれど、画面のそれらは立派なお宝になっていて、

「これは○百円、こちらは△千円、全部で□万円です」

などと値ぶみされています。親指の先ほどのおまけですのに。

割り切れない気持ちで見ていると、古いブリキの未使用の玩具は驚く高値です。

「剥げているところがあります」

「ここ壊れていますね」

「多く出まわって市場価値が低いのです」

などの理由で安値のつくものもあり、歓声とため息がくり返されていました。

壊れたり剥げたりは、思い出を色濃くする要素のひとつではありませんか。

「玩具は使ってこそのものでしょ。壊れるほど楽しく遊んだということですよ」

と心の内でぶつぶつ。箱入り手つかずのプラモデルの驚く高値に、

「楽しみを放棄されたのね。お気の毒に」

と、テレビに向かって声を掛ける始末。

玩具は子どもの成長の日々の糧。思い出の品は、心が添った者にとってこそお宝です。高値がついて誰彼のお宝になってしまったら、思い出の濃度は

薄れてしまいそう。コレクターと呼ばれる人たちの商取引きの対象になるのは、苦い思いです。偏屈ですかしら。

古くは「子宝」ということばもあって、人の究極のお宝は子どもであったのにと、昨今の世相を眺めては心痛めています。

下駄

暑くなりました。

「ほんと、素足が好き」

外出どきは我慢でも、帰宅早々大急ぎで素足になります。でも、「生足」などとは申しませんし、言いたくありません。

遠い日の遊びの日々が裸足だったせいか、ストッキング嫌いの素足好きです。今はフローリングの多い暮らしです。

「足跡がつきますよ」

と孫に小言を言いながら、こっそりスリッパを脱いでいます。この素足に下駄を履きたい思いが募ります。

子どもの日、近くの小さな商店街に下駄屋さんがありました。奥半分は畳で、丈夫そうな前かけ姿のおじさんが座っていました。色とりどりの鼻緒の入った箱を並べ、背には素材ごと値段ごとに穴三つの台だけが歯を組んで積まれていました。鼻緒と台をそれぞれ選んで、見ている前で挿《す》げてもらうのです。台の穴に、緒の先を押しこむおじさんの手の目打の動きが見事でした。見栄えよく挿げ終えた見本の下駄もありましたが、母は財布と相談の上、好みの台と鼻緒を選びました。子ども用もいろいろあって、

「好きなのをこの中から」

と選ばせてもらう折り、思い切りの悪い私は、いつも迷ってばかりでした。挿げ終えた下駄は一度足に馴染ませ、おじさんの手でぐいと引いて弛み加減をみて出来上がり。

「お嬢ちゃん、はい、できたよ。大事にね」

新しい下駄一足がうれしい時代で抱えて帰り、上がり框《がまち》で試し履きをしますが、そのまま下へ降りてはいけません。

「喪のときだけです。履物は下へ降りてから履くものです」

と禁じられていました。新しい下駄は、舗装のない道でも、足音が乾いて聞こえました。

砂利道を乱暴に歩くと、歯の間に小石が挟まったり欠けたり、けんけん遊びで真ふたつに割れたこともありました。そんなときも、

「元気が一番、遊びは子どもの仕事」

と言っていた手前か、親は叱ったり怒ったりはせず、少し悲し気な顔でした。下駄の前緒はよく切れて、子どもでも丈夫な布紐や皮紐で取り替えていましたっけ。

私の履きたいのは上等な桐下駄ではなく、あのころ履き慣れた杉の下駄です。今はどこで求められるのでしょう。浴衣売場でしょうか。

ブラウスにスカート、エプロンをつけたまま竹籠を手に、下駄で近所の八百屋さんに出かけていた母は、今の息子たちより若かったと、ほろ苦い懐かしさです。

遊び三昧の夏

木陰を選んで歩くようになりました。日傘の方向も確かめます。

「いいなあ、もうすぐ夏休みね」

ランドセルを揺らせて前を歩いているのは、ふたり連れの男の子です。

「いいなあ」と羨むのは、お休みが欲しいからではありません。毎日が日曜日の老い暮らしですもの。羨ましいのは「夏休み」という、あの弾むような気持ち。パワー全開の時間です。

遊びが仕事であった私たちの小学生時代。塾といえばソロバン塾でした。そこも誘いあって遊び時間の延長で、私にはソロバンを忘れてソロバン塾へ行き、

「今日はお帰りなさい」

と追い返された思い出があります。

そんな毎日でも夏休みの解放感は特別で、どの日もどの日も楽しいこと満載でした。お休みの日に限って早起きができたのは不思議です。

「お昼までは家に」

と毎日のように言われても、妹と共有の机にちょっと向かったふりをして、もう後は丸々の遊び三昧。母の手製のギンガムチェックの簡単服に、下駄履き麦わら帽子が、夏休みの定番スタイルでした。

「よい子はここで遊ばない」

という看板のない時代は、川辺も川の中も田の畦も、焼け跡までもが遊び場でした。小学校の脇を流れる川で泳ぎを覚え、唇が紫色になるまで水につかった後は、岸に並んで甲羅干しをしながらのおしゃべりタイム。セミは無論、カブト虫、クワガタ虫、カミキリ虫と昆虫採集も、夏休み定番の遊びでした。羽根が透明で大きく、シャーシャーと大声のクマゼミは大木の高い所にいて姿を見せず、ミーンミーンとけだるい声で鳴くアブラゼミがほとんどでしたのに、今は街中の大合唱はクマゼミばかり。何がどう変わってしまったのでしょう。

四ツ手網持参の魚捕りは男の子の遊びでしたが、スカートの裾を足の付け根の下着に挟み込んで仲間入りしていました。夕焼けのころは何故か石けり缶けり陣地とり。汗は手の甲で拭って、ほんとよく遊んだこと。

「○○ちゃん、遊ぼ！」

の声がとび交っていて、楽しかったわ。

老いればどの日もひと続きで、切れ目がありません。今一度あの「夏休み」のわくわく感、解放感を味わいたいものです。

でも今は、子どもたちも塾だの模試だのに忙しく、遊びの相手はゲーム機とか。惜しいことです。

パワー全開の外遊びは、身体にも心にもよき栄養であったなどと言うのは、老人の繰り言でしょうか。

八月のある午後

夏休みの一日でした。

戦後の小学生のときです。整備をされた公園などありませんでしたが、焼け跡から舗装のない道路まで、遊ぶ場所はたくさんありました。なかでも私のお気に入りは、校庭でした。いつも誰かしら仲間がいましたし、ブランコ、肋木、雲梯、滑り台、鉄棒など遊具が揃っていました。従木にたくさんの横木を肋骨のように固定したのが肋木で、手掛け足掛けで登ったり下りたりは得意でした。雲梯は金属の梯が水平や弓形になっていて手で渡って遊ぶのですが、夏は火傷しそうに熱く、鉄棒とともに不向きでした。学校のある日は上級生に占拠されていましたから、夏休みはうれしかったのです。

その日も、仲間と汗を拭いながら遊具を巡っていると、職員室からの声です。

「○○さーん、△△くーん、手を洗ってこちらへいらっしゃい」

日直当番は担任の先生で、花柄のワンピースでした。居合わせた仲間にその弟や妹も加わって、洗った手を振りながら、

「今日は」

「今日は」

休みの日の職員室はがらんとしていて、先生たちもお休みの顔でした。

「さあ、召し上がれ」

とふるまわれたお菓子の美味しかったこと。

「日焼けしましたね」

「海水浴に行ったの」

「◎◎ちゃんは元気かしら」

「元気よ、昨日遊んだ」

「ねえ、ねえ、わたしね」

「ぼくはね」

と先を競って近況報告をしていると、

「賑やかですね、お茶をどうぞ」

と小使いさんと呼ばれていた用務員さんから、大きなやかんで冷えた麦茶の差し入れがありました。

ひとときの後、九月の新学期用プリント作りを手伝いました。カリカリ、は先生が鉄筆で文字を刻む音。私たちはローラーを動かしたり、ざら紙の出し入れをしたり。謄写版印刷は一枚一枚の手作業でした。インクのついた手でうっかり汗を拭いたりすると、額も首も黒くなって、黒い汗が流れました。便利なコピー機で量産されるプリントとは違い、一枚がどんなに大切にされるべきかがよく解りました。

共同作業は気持ちがひとつになって、冷房の存在も知らない焼け跡のにわか造りの校舎での充実の時間。

「できた！」

「ありがとう。ご苦労さま。九月には元気でね」

「先生もね」

校門を出ると陽が傾いて、風がほんの少し涼しくなっていました。

アイロンかけ

「こんな霧吹きプレゼントしたかったわ」

観葉植物に霧を吹いていたときです。

ブラウス、ワンピース、父のカッター、その他あれこれ、ハンカチまでの洗濯物の山。

母たちの時代、蒸気の出るアイロンなどありません。盥に洗濯板を使って一枚一枚手洗いするほとんどは木綿の品々で、ピンと皺をのばすには、糊づけ、アイロンかけが必要で、アイロンかけの前には霧吹きが必須でした。わが家の糊づけの糊は、お釜落としのご飯粒を晒の袋に取り置いて、揉み出したものでした。金属製の霧吹きは、管の先に口をつけ、息を吹き込むことで下の水を吸い上げ、霧にして吹き出す仕組みです。

フー、フー、フー

母は何度も小休止をして霧を吹いていました。私が使っているような軽いプラスチックの、上を押したりハンドルを握ったりする簡単なものがあれば、どんなに楽だったでしょう。霧吹きの後は、しっとり全体が湿るのを待ちます。アイロンは握り手が木の鉄製で、部屋の天井中央から吊るされた白熱灯の二股の一方に繋がっていました。私の使っているコードレスの蒸気アイロンは、木綿、絹、毛、化繊等と素材毎に温度設定ができ、セットをすれば、

ピー、ピー

と知らせてくれますが、母の使っていたのは、ただただ熱くなるのを待って、自分で判断するのでした。母は頃あいを計って、水をつけた自分の指をアイロンの底にちょっと当て、

ジュ

という音を聞き分けていたようです。子どもの私は、熱くはないか火傷はしないかと、はらはらしたものです。

畳に座ってアイロンを握った母の手が右に左に動くと、まるで尾のように、上から繋がった長いコードが揺れていました。

「まず衿から、そして袖、肩、脇は裏で縫い目を割って」

などと教えられ、高校生のころには、夏のセーラー服に毎日アイロンをかけていました。スカートは布団の下に寝敷きをして。

今や何もかも放念して、できる限りノーアイロンの品を選び、要アイロンの品々は、もう洗濯屋さんとは呼ばないクリーニング店に頼る毎日です。たまさか溜め込んだハンカチにアイロンを当てると、蒸気の助けでピンと張る木綿の感触が爽やかです。

そうそう、嫁と呼ばれたころ、夫のカッターにアイロンをと思ったら、姑が、

「子どもと遊んでおやり」

とご用聞きの洗濯屋さんに頼んでくれました。

うれしかったわ。

繕いましょうか

「まあ、まあ」

地下鉄で前に腰かけていた若者三人組は、揃ってジーパン姿です。太腿から膝の下、足首、裾まで穴だらけ破れだらけ。ひとりの膝頭はすっかり抜けて、横糸がやっと支えています。

「なんとすさまじい破れ具合でしょう」

これまで破れファッションに出合うと、

「うふ、ふ、繕って差し上げましょうか。上手ですよ」

などと心の内で声をかけていました。けれど、今日の三人は、

「ここまでひどくては、もう私の手には負えません」

とギブアップです。

いつから破れていることが好まれ、巾を利かせるようになったのでしょう。極々少数の若者現象と思っていましたら、お嬢さんの破れファッションも増え、最近では親子破れファッション、夫婦破れファッションにも出合って、「破れは繕うもの」と育てられた世代は、戸惑うばかりです。

母も祖母も繕い上手でした。戦後の品薄の時代、ジーパン等丈夫な品はなく、毛織物のサージは上等で、混紡の粗悪な幼い弟たちのズボンはよく膝が抜け、カギ裂きになったりしました。使い捨てという発想もことばもなく、目立たないように裏から補強して刺し子にしたり、アップリケで覆ったりは母。祖母は丈夫な当て布をして周囲をかがって塞ぎました。

「格好悪い、恥ずかしい」

などと言えば、

「穴のあいたまま着ていたら恥ずかしいけど、繕ってあれば胸張って着たらよろしい」

と、ぴしゃり。

さすがに祖母の真似はできませんでしたが、息子たちの膝の穴をアップリケで繕っていたのを思い出します。

「破れたままにしているのは恥ずかしい」

と、今も祖母の声が耳元で囁くようで、破れファッションに出合うと、見て見ぬふりをするのに努力が要ります。最初から破れた状態を作って商品にするのだと聞かされると一層理解に苦しみ、心が乱れます。

そうそう、発展途上の国で、つぎの当たった着衣のお年寄りが、破れファッションの日本の若者に、

「可哀相に、繕ってくれる人もいないのかねえ、破れたまま飛行機に乗ってきたんだねえ」

と、嘆かれ、気遣ってくださったと聞きました。

豊かになるとはどういうことなのでしょう。

暑い日、子どもは裸同然で、母たちの繕い物は、秋からの夜なべ仕事でした。わが家では、八人家族がひとつ屋根の下で暮らしていたころです。

大層ですね

「口をぽかんと開けて」という表現がありますが、気持ちにもそんな状態があるようです。

テレビの画面の三人は、小学校低学年の男の子とそのお父さん、体育の家庭教師です。

「運動会でみじめな思いをさせたくない」

は、お父さんの弁。

運動会のかけっこで速いのはうれしいことですけれど、家庭教師を頼んでの練習とは思いがけないことでした。どんな練習なのでしょう。

まずストップウォッチを手に、若者は男の子の五十メートル走のタイムを測りました。その後、スタートの切り方、前傾姿勢、手の振り方などを指導注意し、何度も試走をさせます。子どもの胸に結んだ紐の端を持っての伴走もありました。お父さんは木陰で見学です。三十分ほど続いた練習の成果を、再びストップウォッチで測るのでした。

老いの身は、練習のくり返しで疲れて遅くなっていないかと案じましたが、

○・三秒の進歩。

「ほ、よかった」

若者もお父さんも満足気です。ご本人は、

「速くなって超嬉しい」

と息を弾ませて無邪気なよい笑顔。

「ほかにもサッカー、鉄棒、縄とび、水泳、キャッチボールなどの家庭教師の需要があります」

と番組は終わりました。文句を言う筋合いなどありませんが、妙な気分です。私は「よい子はここで遊ばない」の看板のなかったころの子どもで、近くの川で遊んでいるうちに泳げるようになりました。プールなどない時代、泳ぎを覚えられたのは、近くに川や池や海のあった人ではなかったかしら。鉄棒の逆上がりも遊び仲間が競い合い、助け合って覚えました。鉄棒に片足を掛けて振り上げ、そのまま前廻り、後ろ廻りもできましたっけ。あのころなかったサッカーは知りませんが、男の子の草野球の仲間にもなって、キャッチボールも得意です。

縄とびは自転車の古チューブを切ってつないだものや荷作り紐のもらい受

けなど、調達も自前でした。長さは両足で中央を踏み、握った両手を肩の高さに決めるのがコツ。遊び場への往復もかけっこ、ボール拾いもかけっこ、かけっこは遊びの基本でした。

そんなかけっこも縄とびも鉄棒も苦手な仲間も無論いましたが、手芸や図工など別な得意もあって、お互いが認め合って遊びました。

親の知らぬまに遊びのなかで身につけたあれこれを、親の主導で家庭教師を頼んで学ばねばならないとは、大層ですね、大変ですね。

住所録に住む人

からからと枯葉が舞って、賀状を書く季節が巡ってきました。ハガキを前に、使い込んだ住所録を取り出します。もう四十年ほども使っているでしょうか。角も摺り減って、自分の手の跡は無論、いつ付いたのかも知れない染みもいっぱいです。

二度三度と転居をされた方もあり、結婚で姓が変わったり、家族が増えたりの記録もあります。お知らせをいただくたび、賀状を受け取るたびに訂正をくり返して、それぞれの方の暮らしぶりも窺えるほどです。

それにしても、アイウエオ順の既成の住所録が、行毎に同じ書き込み量であるのは納得できません。ア行、カ行、サ行はとうに満ちて補充していますが、ラ行は未だ余裕があります。新しいものには配慮があるのでしょうか。

今は、そんなあれこれの話題のたびに、

「パソコン管理は不要な記録を即削除しますから、いつも過不足のない最新の住所録ですよ」

と、多くの方が教えてくださいます。なかには、

「ご不自由でしょ。パソコンで整理をしてプリントアウトして差し上げましょうか」

と、能力のない身を案じてくださいます。人さまの好意には素直に従うように心がけているつもりが、遠慮をしてしまう可愛げのなさです。

年代ものの住所録は、中に住み続けてくださっている方々の思い出もいっしょです。簡単に消去削除はできません。賀状の届かない遠くへ旅立たれた方も増えて、寂しくなりました。転居の方には訂正の線を引いて新たな罫に再登

場を願いますが、彼岸の住所は不明で、名前の前に小さな丸印をつけています。

賀状ハガキを前に、そんな丸印の方に出会うたび、

「あなたとは〇〇のことがありましたね」

とつぶやき、

「そちらはどんなですか」

などと、埒《らち》もないことを語りかけたりいたします。寂しさは募りますが、思い出の場面は互いに若く元気で、懐かしさに浸ります。もう私の住所録は、宛先を検索するだけの資料ではなくなっています。

「住所録に感情を求めるのですか」

などと仰られる方もいらっしゃるかもしれません。でも、よいではありませんか。一年に一度の賀状書きのときくらい、住所録の中だけに住む懐かしい方々と語らっても。

効率という物差しの間にこぼれ落ちてしまう何かを、今年もそっと掬って、年の瀬のひとときを過ごしています。

鏡餅

おめでとうございます。恙なくまた新しい年を迎えることができました。うれしいことです。つながっている時の流れに区切りをつけ、来し方行く末に思いを馳せる節目のあることに感謝しています。

大家族で暮らした子どもの日、母たちがしてくれていたような年迎えのあれこれは、今は思い出の中です。大掃除、障子張り、お餅つき、家族総出の行事でした。懐かしいわ。

「昔ながらの鏡餅ですね」

パックの鏡餅が多くなって、肌を出した直径十五センチほどの二つ重ねのわが家の鏡餅は珍しいようです。

「三方も木ですね」

と言われれば、

「五十年以上使っていますよ」

と、古さ自慢をしてしまいます。

「パックの方が便利ですよ。中は切り餅で硬くなったりカビたりしないし、使い捨ての三方も付いていますし」

と仰る方も。

存じています。暮れにはスーパーにもデパートにも山積みされていましたもの。そっくりパックの形につながったお餅や、お餅の代わりに砂糖入りの偽装鏡餅もあるそうです。お手軽、合理性が行きついたのですね。

頑固者の私は、左右と前に刳型《くりがた》に抜いた檜の白木の三方を取り出し、お餅の肌を確かめながら大小二つを重ねます。家でお餅つきをしたのは、中学生になったころまでだったでしょうか。その後主婦になってからは、近所で賃餅を頼んできました。近年、暮れのおしつまった某デパートの地下に「つきたて」の貼り紙をして特設売場ができるのを知りました。今はそこで調達します。仏壇用には小重ねを一組。上に葉付きの橙その他を飾って出来上がり。

「ああ、新しい年が来る」

と実感する瞬間で、いっしょに年越しをした懐かしい人々を思い出す折りでもあります。

「ここは昔ながらの鏡餅だ」

と、日頃は離れて暮らす子どもたちの家族と迎えた新年は、新しく思い出に加わります。この思い出、誰かが持ち続けてくれるでしょうか。

さて、わが家の鏡餅、三が日が過ぎるころから重なったところにカビが生え、表面は硬くなって、ひび割れてきます。でもそのお餅で、鏡開きの日にはおぜんざいを作ります。ひびの間にキッチン鋏を入れて、

「えいっ！」

悪戦苦闘の末、中心部をおぜんざい用に。硬いところは毎日少しずつ小さく崩して風干しし、自家製あられを作ります。懐かしい人々との時間を手繰り寄せて、続けているのです。

二月の光のなかで

「ちょっと歩いてこようか」

祖母のひとり言です。でも、ちゃんと聞こえるように言っているのを私たちは知っていました。妹が小学校一年生、私が三年生くらいであったと思い出します。日に日に陽射しが明るくなって、

「春は光からやな」

の祖母の口癖がはじまって何日か経ったころです。

「ちょっと歩いてこようか」は私のなかで、「春を探しに散歩に行こう」と翻訳されていました。南向きの濡れ縁に祖母をはさんで妹と私。私たちふたりの足は、下に届かず宙でぶらぶらしていました。祖母は、小さな膝をたたんで正座でした。

「日曜日はあんたらがのんびりでいいなあ」

と言う祖母は働き者でした。受け持ちの家事はとうに済ませた一休みの時

間で、私たちの楽しみな時でした。

「歩いてこようか」

のつぶやきなど、今の子どもたちなら、

「行けばいいじゃない」

となりそうですが、私たちは祖母の気持ちに添いたくて、

「行こう、行こう」

と賛同しました。戦後に住んでいた家の近くには、水路、小川もあり、畠や田、小さな林にも続いて、散歩をする所はいっぱいでした。祖母は手編みの肩掛けを羽織っていましたが、私たちが早い春にどんな服装であったかは思い出せません。土の道を前になったり後ろになったり、スキップしたり。

「まだちょっと寒いけどいい気持ちやなあ。お日さまは春や。さあ、春を見つけなさい」

と祖母。

「あった、タンポポ」

「まだ蕾固いなあ」

「こっちによもぎ」

「そうそう」

「あの枝の粒粒は桜の芽」

「胡麻みたいなのがついて垂れているのが柳」

「よう知ってるなあ。これがよめ菜や」

と指された先に、小さな芽吹きが見えました。土道の端も田の畦も小川の土手も、うっすらと浅い緑色に覆われていました。

「どこもみな春だ」

と言えば、

「見渡す限り春が目を覚ましているなあ」

と、立ち止まって深呼吸をする祖母を真似ました。

三十分ほどの春を探したそんな散歩の、何と懐かしいこと。

二月の光のなかに居ると、あの折りの祖母や妹の声や仕草、

「お帰り」

と迎えてくれた母の声、みな戻ってきます。私ひとり残る切なさも併せ持っていますが、ささやかな日常を支えてくれているのも、こういう小さな思い出です。

赤ちゃん

「どう表現したらよいのでしょう」

お向かいのベビーカーで眠っている赤ちゃんへの思いです。

駅へ通じる路線が枝分かれしたお昼過ぎの地下鉄は、空席がいくつもありました。目も口も閉じて眠っている赤ちゃんはまだ生後二か月にも満ちていないでしょう。「穏やか」とか「安らか」「すやすや」では表せない不思議な存在に思われました。閉じた瞼の小さな震え、笑むほどでもない口もとの揺れ。

「みな意志ではないのですね」

不思議な感動が巡りました。男の子とか女の子という区別も超えていました。

ベビーカーに手を添えているお母さんは、

「今もこんな方がおいでなのですね」

と私を喜ばせる清楚な姿です。手入れの届いた短い黒髪。何も飾っていない健康な切りそろえた爪。身づくろいのどこにもじゃらじゃらと飾り物など下がっていません。何もかもを飾り立てる昨今の風景の中で、特別の空気に包まれていました。

コトンコトンと電車が揺れても、赤ちゃんは穏やかな眠り顔です。「無心」「無垢」「清らか」などなど、浮かぶ限りのことばを探して、胸の奥を熱くしていました。意志をまだ持たない生まれたての生。どんな人も出発はここからであったと思う不思議さ。

「ああ、この子にも私までの七十余年の年月には、多くの試練が待つのね」と思い到るのでした。むろん私の七十余年にも、うれしかったこと楽しかったこと、幸せな時間はたくさんありました。けれど、過ぎた時の中には戦争の時代もあり、辛い別れもあって、怒り、嘆き、悲しみ、落胆し、悩んだ時も数えきれません。誰にとってもそんなことは当たり前と解っているのに、目の前の赤ちゃんには許されないように思えて、涙がこみ上げるのでした。

見ず知らずの赤ちゃんの未来を案ずるなど、話せば笑われそうなことですが、わが子を育て、孫の成長も見てきましたのに、こんな気持ちを持ったのは、はじめてのことでした。

老いれば何もかも鈍くなると思っていましたが、そうばかりではないようです。世情の在り様のせいでしょうか。清らかな小さな生には、とても敏感になっています。

私の降りる駅が先になりました。

「どうぞ穏やかな日々が待ちますように」

心の中で寝顔に声を掛け、お母さんに、

「さようなら」

と声にしました。小さな会釈を返してもらいました。

老い慣れる

「お元気でしたか」

久しぶりに出会った方から、優しく尋ねていただくことが増えました。

「ありがとうございます。老い慣れて暮らしています」

と答えるようになりました。何をするのも手のろく時間がかかるようになりましたが、取り敢えずは日々無事に過ごしています。息を切らして駈けたりすれば壊れる体力体調も、ゆるゆる暮らせばそれなりの日々。身体の軋みや痛みにも慣れて、体調には大波小波のあることも解りました。「老い慣れる」とはこのことと、悟ったのでした。

「もう旅行など無理」

と気落ちしたことを忘れて、

「あの城跡を訪ねたい」

などと計画する身勝手さ。若い方の理解を得るのは難しいでしょう。身を飾るあれこれは重くなり、

「欲しいものはなくなりました」

と言いつつ、力要らずで瓶の蓋を開ける小道具を求めます。廊下の隅に溜まった埃も、のろのろ暮らすうちに夕時となり、連れあいともども見え難くなれば、その日の一件落着。若い日ならば我慢のできなかったことが、一寸のばしに暮らせるようになるのも「老い慣れる」ことのようです。

老いの入り口では、あそこが痛い、ここが軋むと病院通いも多かったのですが、みな、

「加齢によるもの」

と診断され、

「痛みは慣れます」

の主治医の言葉を信じて、庇いながら過ぎるのを待ちます。

というわけで、日々の我が身の機嫌を図りながら、過もなく不過もない日々を重ね、「老い慣れて暮らす」は、確信になっていました。

ところが、思ってもみなかったこのたびの大災害です。春秋に富む若い方々の未来を摘み取り、いくつもの試練を越えてきた老いの残り少ない時間を奪う容赦のなさ。身ひとつで引き揚げた体験をようやく遠くへ押しやり、「老い慣れて暮らす」身に、やり場のない気持ちです。この悲しみ、怒り、

嘆きはどこへぶつけたらよいのでしょう。

「老い慣れる」とは、昨日に続く今日があり、今日に続く明日があると思ってはじめて言えることと、考え改めました。そして、老い慣れた者には、もう人さまの力になる余力のないのも悲しいことです。

「平和に暮らしたい」

は六歳の少女。

「助け合わなければ生きられない」

は、男子中学生。

そんな被災地からの声を噛みしめています。


「どうぞお膝に」


「気づいてくださいな」のことばを、何度も飲み込んでいました。

午後の地下鉄も幹線は、立っている人も少なくありません。斜め前の扉の横に、小学生の姉妹と祖母と思われる人が並んで座っていました。姉妹の間に、飾りのたくさんついたリュックがふたつ。「荷物はお膝に」と思っても、みな知らぬふりです。笑顔でふざけあうふたり。それをうれしそうに眺めるおばあちゃま。

「手荷物は膝にのせて、できるだけ多くの人に席を」のアナウンスを待っても、今日はありません。

ひと駅が過ぎました。

乗り込んできた初老の婦人がリュックの前に立たれました。「どうぞ」とリュックを除けて譲られると思われた気配です。けれど、姉妹も祖母も知らん顔です。

「乗り物のマナーを教えるよい機会ですのに」と気持ちに波が立ち、「おばあちゃま、気づくべきですよ」と、波が大きくなります。街の中心に向かう電車は、停車のたびに人が増え、「まだ気づかないのですか」と波は膨《ふく》れて怒りとなり、「なぜ誰も注意しないのですか」「前のご婦人も声をかければよいのに」と、怒りの先が周囲にまで向いてしまいます。

「冷静に冷静に、優先席を占拠している身ですよ」とわが身に言い聞かせますが、おさまりません。

「注意などしたら逆恨みされる時代だから、余計なおせっかいはやめてね」は、孫からの注意です。忘れているわけではありませんが、気持ちは千々に乱れます。

「教えてあげるのが年を重ねた者の務め」の思いに到りました。

私の降りる駅に着きました。リュックを挟んだお姉さんの横を通って降りることになります。降り際《ぎわ》にちょっと屈《かが》んで、可愛い耳元で、

「お荷物は膝にのせて席をお譲りなさいな」

と囁いてしまいました。

老いても胸はドキドキするものです。振り返ることもなく降りてしまいましたから、その後の成り行きは解りません。続いて降りられた方は、男性だったのでしょうか、女性かしら。若い方なら、「世話やきばあさん」と思われたでしょう。

急ぐ用でもないのに、はや足で改札口へのエスカレーターに乗りました。ドキドキは改札口を出た後も続いていました。

よい年代

夏を迎えるころの、木に咲く白い花が好きです。葉を繁らせて咲くやまぼうし、胡麻粒の集まったようなそよご。梅雨の晴れ間は、花に引き立てられた緑が滴るようです。

小さなティールームに年代の違う女性が集まって、ゆるりと時間を楽しんでいました。何からの流れか「一生でいちばんよい年代はいつ」が話題になりました。「ハイティーン」「二十代」と若い年代がよろしいよう。「ハイティーンならミニスカートも」と首をすくめられたのは、寒い季節に足の冷えを嘆かれていた方です。

私も若い日を懐かしく思い出しました。ほんと、二十代は華で、思い出しても眩しいほどです。でも、華やかだけが人生の素敵な要素とは思えなくなっていて、

「私は五十代がいいと思います」

と、切りだすと、

「ええっ」

と空気が揺れて、

「信じられません」

と不満気です。

「いろいろなことを味わうには、年の功もいいかなって」

と。階段を駈け上がれない身で年の功は苦しいですね。

「それなら五十代でなくても、老いるほどよろしいのでは」

とすかさず声あり。ごもっとも。その通りなのですが、体力もあるうち、が過ぎた身の実感です。

振り返れば、私の五十代は姑の介護の日々があり、その後に自分の大病が続いて、「よい年代でした」とは言えない大変な年代でした。それでも、そのどちらも乗り越えられたのは、ようやく得た五十代の分別と、まだ残っていた体力気力のお陰であったと、思うのです。五十代は、得たもの、あったことを生かすに足る、体力のある年代です。分別の扉は開いたところ。それに気づかず、若返り願望、若見え術に明け暮れる昨今の風潮が、もったいなくてなりません。老いて知り得る味わいは、実にたくさんありました。年を重ねて、若さに勝る魅力をお持ちの方々にも出会って、「成熟は究極の魅力」

と思うに到ったのです。

ただ、残念なことは体力不足です。私の今は、残った力をそろそろ大事に使って、開けた扉の先を楽しんでいるところです。

「では、私は今がいちばんよい年代ですね」

「私のいちばんよい年代はこれからですね」

と、若いおふたりの優しい理解で、集いはお開きとなりました。

帰り道も、滴るような青葉のやまぼうし、そよごをゆっくり眺めて歩きました。高校生は脇目もふらず過ぎ、華やかな若いお母さんたちは、おしゃべりに夢中でした。

十年の重さ

「私のなかのおばあちゃんは違うわね」

十歳違いの末妹です。おんぶをして仲間の缶けりに加わった日のある戦後生まれの妹も、今では三人の孫の世話やきばあさんです。

出会った折りの昔話は、祖母に到りました。おばあちゃん子であった私の祖母評は、「明治女の芯の強さを真綿にくるんで生きた人」です。

「お天道さまがお見通しですよ」が口癖で、生き方のいろはを教えられたと思っています。いっしょに暮らした日々は心の支えで、今も判断に迷うことに出合うと、

「ねえ、おばあちゃんならどうするの」

と、天を仰ぐことがあります。そんな話に、

「へえーっ」

と、妹は不思議顔。

「口喧しくはなかったけれど、叱られるときも厳しかったわ」

「どんなふうに」

「『ここへ来てお座り』と正座をさせられて、じっくり諭されていたの」

「ふうん、それでお姉ちゃんは黙って聞いていたの」

「もちろん。ああ、自分が悪かったと思ったわ」

と言えば、

「案外素直だったのね」

と、冷やかし顔です。膝つき合わせて叱られた日が浮かびます。

「家事のあれこれ、お手玉の作り方、編み棒の扱い、みな教えてもらったのよ」

「ふうん、そうなの」

「何だって楽しそうにする人だったから、『教えて、やらせて』と志願してね」

「そういうことがあったのね」

「何をしても『上手、上手、その調子』と褒められて、うれしくて励んだわね。ほんとに何でもできる人だった」

と言えば、ひと呼吸の後、

「でもね、私の知っているおばあちゃんは、もう何もしなかったの」

とつぶやき、

「あれこれお世話をしていたのは、私の方だったと思う」

と加えました。

「叱られたりしなかったの」

「ないわね。もうそういう元気はなかったみたい」

不思議な、割り切れない思いです。妹のなかにも毅然とした祖母像が残っていてほしくて、力が抜けました。

晩年の祖母を知る妹は、

「十年は長いのよ。人はその間に老いるのだから」

と慰め、

「我慢強い人だったとは解っていたから」

と、加えてくれました。

別れ際、

「お姉ちゃん、十歳年上なのよ。身体に気をつけて元気でね」

と妹。十年の重さを噛みしめています。


（二〇一〇年四月～二〇一一年七月）

あとがき

「自由にお書きください」

月一回の随筆の連載をお引き受けして、八年余りが過ぎました。「暮らしをつむぐ」の表題で、身辺のことごとをつぶやくように綴ってきました。

平均寿命を考えても、一生のほとんどが過去となった者の心をよぎるのは、過ぎた年月のなかでのさまざまな出会いです。そんな月毎の文章が、百回を迎えました。名古屋市女性会（名古屋市地域女性団体連絡協議会）の新聞「女性なごや」の紙面です。

「懐かしい」

「同じ経験をしました」

「そうでした、そうでした」

等々の感想と応援に後押しされて、書き続けてきました。気づけば、ひとりの少女が戦前戦中戦後を体験して、老婆になるまでの暮らしの一コマ一コマで、時代の姿が見え隠れしています。

テーマは、何でもない日々のあれこれ、同じようなことのくり返しです。同年代の方には、

「そうそう」

と思ってくださる何編かがあるでしょうか。若い方には、古い時代の一端を知っていただけたらと思っています。

何もかも便利になって、科学万能と思った暮らしにも翳りが見え、思いがけない大震災が続いて、人みな立ち止まり、暮らしを見直すという気風が生まれています。そんな折りの小さなヒントになるようなことが、ひとかけらでも潜んでいればうれしいことです。

このような機会を与えてくださり、長くお世話をしてくださいました名古屋市女性会の皆さまに、心より感謝申し上げます。この機会を得ることがなければ、文章にすることなく、心の底に溜めたまま忘れ去ることごとでした。

「一冊になる日を楽しみにしています」

と、毎回読者になってエールを送ってくださった方々、ありがとうございました。

そして、励ましアドバイスをし、この一冊を誕生させてくださった山本直

子様、今回も挿画を快くお引き受けくださいました大島國康様に、心より御礼申し上げます。

新聞紙上では、毎回工藤静華様が絵を添えて文章を引き立ててくださいましたことも、併せて御礼申し上げます。

なお、連載はまだ続いておりますが、本書は百回をひとつの節目とさせていただきました。

平成二十三年秋

裕原喜久子

松原喜久子（まつばら　きくこ）

一九三八年、旧満州国撫順市に生まれる。子育てのなかで児童文学と出会い、自らの体験を昇華させた「ひみつシリーズ」を完成させる。

児童文学の作品に『鷹を夢見た少年』（文溪堂）、『おばあちゃんのひみつ』『おひなさまのひみつ』『あの海のひみつ』（KTC中央出版）『火縄銃と見た夢』（ゆいぽおと）。随筆に『時のとびら』『えんどうの小舟』『花恋い』（KTC中央出版）、『ゆるやかな時間』（ゆいぽおと）など。

日本ペンクラブ、中部児童文学会会員。

待ちどき

2011年11月9日　初版第1刷　発行

著　者　松原喜久子

発行者　ゆいぽおと
〒461-0001
名古屋市東区泉一丁目15-23
電話　052（955）8046
ファックス　052（955）8047

発売元　KTC中央出版
〒111-0051
東京都台東区蔵前二丁目14-14

印刷・製本　モリモト印刷株式会社

内容に関するお問い合わせ、ご注文などは、すべて右記ゆいぽおとまでお願いします。
乱丁、落丁本はお取り替えいたします。

JASRAC出 1113328-101
ISBN978-4-87758-438-2 C0095

ゆいぽおとでは、
ふつうの人が暮らしのなかで、
少し立ち止まって考えてみたくなることを大切にします。
テーマとなるのは、たとえば、いのち、自然、こども、歴史など。
長く読み継いでいってほしいこと、
いま残さなければ時代の谷間に消えていってしまうことを、
本というかたちをとおして読者に伝えていきます。